U0589452

红尘炼心 HONGCHEN LIANXIN ·······································

时代出版传媒股份有限公司
安 徽 文 艺 出 版 社

　　慧心　原名杜军文,自号艺馨,国家二级心理咨询师,现从事教育管理工作。曾在大型国企任科研所主管、营销中心主管、物流公司高管。

红尘炼心

HONGCHEN LIANXIN

慧 心 ◎ 著

时代出版传媒股份有限公司
安徽文艺出版社

图书在版编目（CIP）数据

红尘炼心／慧心著. —合肥：安徽文艺出版社,2016.10（2022.5 重印）

ISBN 978－7－5396－5871－1

Ⅰ. ①红… Ⅱ. ①慧… Ⅲ. ①长篇小说－中国－当代 Ⅳ. ① I247.5

中国版本图书馆 CIP 数据核字（2016）第 235129 号

出 版 人：朱寒冬

责任编辑：宋潇婧　　　　　　　　　　装帧设计：徐　睿

- -

出版发行：时代出版传媒股份有限公司　www.press-mart.com

　　　　　安徽文艺出版社　www.awpub.com

地　　址：合肥市翡翠路 1118 号　邮政编码：230071

营 销 部：（0551）63533889

印　　制：北京一鑫印务有限责任公司　　（010）61424266

- -

开本：880×1230　1/32　印张：8.25　字数：150 千字

版次：2016 年 10 月第 1 版　2022 年 5 月第 2 次印刷

定价：35.00 元（软精装）

- -

（如发现印装质量问题，影响阅读，请与出版社联系调换）

谨将此书献给天下一切有缘众生

目录

序

　　本书所表达的观念就是用心去观察生活,用感知去面对生活,各守其位,回归本性。

　　作者通过与智者对话的形式,阐述了自然规律与人生实相的对应关系,将"人格心理的组合模式","原生家庭所形成的习性模式","全息系统观模式"展现在大家面前,从而告诉人们,不要活在自己的观念概念所捆绑的心意识之中,应从不同的角度、方位来认识看待人、事、物,在红尘历练,以欢喜心去包容接纳,以感恩心去应对处理,字里行间,给人以警醒,给人以沉思,读之让人觉悟人生。

书中很好地提供了在红尘中炼心的方法，以及认识心的方法，很值得借鉴和学习。

但愿看过此书的有缘人，都能在生活中认清自己，回归清净平等的觉性，一心向善，直面人生，"虚空广大明心照，定当是个明白人"，相信这也是作者的心声。

谨以此为序！

老行者广明

2016 年 8 月 6 日于湖南浏阳

第一章　生活怎么会这样？

他只能是我的吗？

爱情，真的只是两个人的事？

财富一定就是累加的吗？

当一切有了变化时怎么办？

艾稚坐在才搬迁的办公室里，心满意足地看着才挂上墙的一面奖牌，上面写着"某某市十佳企业家艾稚"。回顾 8 年来自己的创业奋斗史，艾稚有一种终于被认可的感觉。

艾稚大学毕业后到一家著名企业工作，因为出众的表现得到董事长的青睐，很快晋升为企业中层。风生水起之时，她却辞职下海，创办了现在的这家企业，并将之发展成为集团公司。当年,没有人知道她为什么辞职,只有她自己知道,她受不了总经理不时投向自己的不信任的眼神,好像将艾稚的人品和所有的努力都否定了一样,艾稚受不了。尽管总经理平时很器重艾稚,但艾稚在一次爆发后,终于离职而去。在内心,她一直敬重总经理,感激总经理,却不知道自己为什么那么在意那种眼神。

艾稚30多岁,一头干练的短发,上班时间常着一套深色的职业装,几乎不穿裙子。艾稚外表虽温文尔雅,内在却很刚烈,这点,她在大学当教授的老公最清楚,一旦艾稚决定要做的事,别人是阻拦不了的,教授只能让着她。对教授的表现艾稚是满意的,教授在读书时也是叱咤风云的人物,艾稚作为学妹,很崇拜他。婚后,教授像父亲一样疼爱艾稚,家里一切事务包括买菜做饭全包了,就是结婚的准备工作,艾稚除了买自己穿的衣服,其他都没有插过手,全是老公一手策划包办,艾稚只在婚礼上出现即可。这也是高校工作的优势,一周就那么几节课,其他时间都是自由安排的。老公很支持艾稚的工作,总是给她很多好的建议,这让艾稚成长很快,得到总经理器重的几次工作汇报就是事前教授帮艾稚分析策划的。教授虽然不浪漫,从来没有给艾稚送过花,也几乎没有说过"爱"字,但艾稚觉得自己是被爱的,教授是把自己放在第一位的。还有,教授给她充分的自由,艾稚想干什么就干什么,在外面应酬很晚回来,教授也不干涉,教授从来不会要求她必须做什么、怎么做。教授如果外出,也会把艾稚和儿子的生活安排好,艾稚觉得自己作为女人是成功的,不仅有自己的事业,而且有一个幸福的家。

今天上午的表彰会,其情其景艾稚还历历在目,市长将奖牌送到艾稚的手中,和她握手,她当时感觉市长的手好绵软、好温暖,市长夸她年轻有为,巾帼不让须眉。当时,艾稚上着一件红色西装,下着一条白色长裤,在男人们深色的西装中间是那么光鲜夺目。

艾稚正沉浸在美好的回忆与想象中,手机铃声刺耳地响了,是妹妹急切的声音:"姐,快来,爸爸突发脑梗,正在医院抢救。"怎么会发生这种事,艾稚的头顿时懵了,从柜子里拿包的手在颤抖,"爸爸爸爸,你一定要好好的,你一定要好好的呀"。当艾稚赶到医院,只看到妈妈、妹妹、老公和亲戚们早已哭成了一团。

爸爸就这样永远地离开了,艾稚不能相信,不愿相信,也不敢相信。艾稚有无限的伤心和委屈,她觉得被爸爸抛弃了,爸爸都没有等她来见上最后一面,就这样匆匆离开了。但艾稚纵有无限的伤痛,也不能尽情哭泣,身为老大,她必须先镇定下来,安抚母亲、妹妹,安排爸爸的后事,一切都等着她拿主意呢。从小,爸爸就是把她当男孩子看的。

爸爸走了,艾稚觉得自己的天塌了一个角,一个大大的角,她第一次感到人生的无力,她很想逃避,让自己躲在一个角落慢慢疗伤,但内在有一个声音说:爸爸走了,你必须支撑起这个家,担子就落在你的身上了。办完父亲的丧事,艾稚决定给自己放几天假。她将公司事务交给副总,自己关了手机拼命睡觉。多年来,艾稚有一个习惯,当遇到大麻烦自己一时解决不了的时候,就先美美地睡上一觉,补足了睡眠,精神好了,解决问题的方法也就自然出来了。

一日,艾稚还在睡觉,迷迷糊糊中听到电话铃声,她懒洋洋地摸过电话来接听,对面传来一个绵软的声音:"亲爱的,你怎么还不来?"艾稚顿时醒了,这是教授的手机,教授出门忘带手机了。

难道小三也出现在我的家里了? 那是一个什么样的女人? 听声音应该比我年轻,她长得漂亮吗? 不可能比我能干,艾稚这点还是有自信的。那种声音,只有恋爱中的男女才会有。教授是爱上她了,还是逢场作戏?

艾稚就这样愣在那里,回想着能证实教授出轨的各种蛛丝马迹。

一直以来,艾稚都认为教授算得上是一个好丈夫,关心爱护妻子,孝敬长辈,辛苦挣钱,即使有工作上的应酬,去一些混乱场所他也有分寸。大家对他的评价都是不错的。这样一个

"好丈夫",难道做出了让人意想不到的事?

之前,艾稚与教授之间可以说不管在哪方面都是比较透明的。这应该是第一次,艾稚偷偷看他手机。

微信,没有。短信,没有。通话记录,正常。大部分都存了名字,有两三个没存的,通话时间也不长。

当天晚上,艾稚失眠了。一闭上眼睛脑海里就开始想象,教授到底做了什么。之后的两天,一如往常,艾稚什么都没发现。

艾稚甚至开始想,也许什么都没发生。真正出问题,是在一个星期之后。教授说要去广州出差,第二天早上的飞机,平时如果艾稚有空都会送他,如果要上班或者有事就是他自己打车去机场。艾稚问他具体是几点的飞机,他说了一个准确时间,艾稚想了想,就推脱说第二天有合同要签,不能送他了。

艾稚:"你一个人去吗?"

教授:"嗯。"

第二天早上,他们还是一样,恩爱地告别。

实际上,艾稚预感到会发现什么,她换了个发型,戴上口罩墨镜,完全换了个人似的偷偷地去了机场。出发大厅,到处都是人,为更快找到教授,艾稚拨通了他的电话,问他到哪里了,教授说在排队过安检了,艾稚说,好,路上小心,落地报平安。教授说,好。

艾稚马上去了安检入口，真的看到了教授。他的前面排着一个女生，转过身来面对着他说话。他们有说有笑，他还伸出手刮了一下那个女生的鼻子。女生看起来比艾稚年轻点，外形较甜，一副刚出校园的大学生的样子。

　　他们走进去了，好像艾稚才是小三，看着他和原配有说有笑，自己却什么都不能说，什么都不能做，只能看着。

　　艾稚突然想起大学时，俩人一起坐火车去广州玩，一路上也开开心心你侬我侬，怎么现在，火车换成了飞机，人也换成了别人？

　　当时的艾稚，什么都没干，就站在原地目送他们进去，然后转身走回去开车。一旦内心的疑惑得到了证实，艾稚反而没有了悲伤，更多的是疑惑。夫妻之间，到底哪里出了问题？

　　他们之间的关系，艾稚觉得一直很甜蜜。他们很少吵架，艾稚脾气不太好，一言不合就开始发火。以前有时候比如很晚了想吃什么宵夜，都要他马上去买给自己。看见他一直忙工作，也会要求他马上停止，等等。教授一直都在尽量满足艾稚的要求，包容艾稚。

　　后来，艾稚也慢慢改掉了一些坏脾气。

　　生活中累积的其实都是些小事，夫妻之间虽然会有些摩擦和矛盾，但都能及时沟通解决，很少会有隔夜仇。

　　艾稚忽想起自己与教授说过对于做爱的恐惧，难不成教授因此而在外寻找替代性满足？以前的夫妻生活还是很和谐的，双方对彼此都是有求必应，当然时间长了肯定不如刚开始那么激情，近一段时间，彼此却已经很久没有做爱，教授也没有要求了。一时间，艾稚左思右想也不得答案，心中如同打翻了五味瓶。

教授，你要的是新鲜感吗？新鲜感应该是和相同的人去做不同的事，而不是和不同的人去做相同的事啊。

教授，你就这么任性地背叛了吗？此时，艾稚的手不由自主地颤抖着。

艾稚想，爱情，是两个人的事，不可能再有第三个人，如果有了，也总要退出一个，要么是我，要么是她。艾稚很清楚自己的个性，如果选择原谅，一定不会幸福。

回去的路上，艾稚很想找谁倾诉一下，但出现这种事，真的有一个可以信任倾诉的人吗？即使有，去和别人说有什么用呢？最终生活还是自己在过。想到这里，艾稚摇了摇头。内心里权衡起到底离，还是不离。

爸爸走了，还是不让妈妈知道的好，以免她伤心担心。艾稚决定，还是像小时候做了错事第一反应是跑去躲起来一样，暂时先回避，逃离。

于是，艾稚关机，睡觉，想想教授也许会很着急，但身边有了那个小情人的滋润，那种关心，不要也罢了。

那天,艾稚意外地睡了个好觉,没做噩梦,没惊醒,从没有睡过那么久,也许是真的累了。第二天早上,一开机,就看到了教授很多的消息,说有些反常,是不是有什么事情?他要提前回来了。艾稚不置可否地哼了一声。

教授回来了,打开门之后,什么话也没说,立马过来抱着艾稚,抱得很紧。

艾稚却真的一点感觉都没有。从发现到现在,她没掉过一滴眼泪,没说过他一句不是,连艾稚自己都奇怪自己怎么这么平静。

艾稚说,去沙发坐着,好好聊聊吧。

坐下之后,教授说:"其实我一直很担惊受怕,我承认我一直抱着侥幸心理。现在终于,像逃了很久的逃犯被警察抓住一样,至少心里的石头落了地。"

艾稚只听到教授还在那里说,不要离婚,不要离开,保证以后……

看着教授像个受伤者的神情,艾稚突然感觉怎么自己倒像个施暴者?她不想再听下去了,示意教授打住,别再说这些了,怎么认识的重要吗?不管怎么说,反观自己,真的能忍受他要了别的女人再来要自己吗?真的能忍受他对别的女人温柔对自己冷漠吗?每个节日,还能和他一起安然度过吗?那些不堪的场面和场景真的能释怀吗?答案都是否定的。艾稚无法模拟他和她相处的模样,每当脑补的时候都痛苦异常,觉得好像自己的东西被玷污了一样。艾稚就是想不明白,父亲才走,有什么理由可以让他不顾老婆孩子的痛苦而做出伤害家人的事?一直到现在,艾稚才发现所有的事情都无法忍受,即使艾稚还可笑地爱着他。

　　冷战了两天后,一大清早,公司的李副总来电话告诉她,在最近最大的一个客户单位招投标中,公司意外地以0.1分的差距没有中标,公司以前的合同到今年6月份到期,只有两个月了,以后怎么办?这时艾稚彻底醒了,怎么办?失去这个大客户,公司的资金运转就会出问题,新建的仓库还贷资金就会出问题。艾稚火速冲到公司,冲着李副总大骂。但骂有什么用呢?她只能振作起精神,去找大客户单位的领导。以前大客户单位的领导对她是很客气的,今天她却被秘书挡在了门外。艾稚等到下班也没有等到那位领导。身为银行副行长的父亲过世了,艾稚的底气也不足了。

　　这个时候,艾稚似乎觉得一切都变化得太快,一切都没有什么意义,就算是自己亿万身价,那又如何呢?

　　生活仅仅只是为了赚钱吗?如果亲人之间,都不能做到彼此用心地关注、关心、关爱,那物质生活就算是丰裕,又有何趣呢?

　　回到家里,教授已经回来,看着艾稚的一张臭脸,教授一声不吭。

艾稚想到一系列的变故，想到教授看不到他的丑事对所有人的伤害，只想逃避，做错事了还不想承担相应的后果，到现在艾稚才发现这些年一直坚持和在乎的人和事是多么的可笑。艾稚都不知道原来教授对她可以这么残忍，这么狠心。

终于，艾稚发话了："你说怎么办吧？"见教授迟迟不说话，艾稚平静地丢出一句话，"明天去离婚。"

艾稚要的婚姻是相互独立、相互支持、彼此忠诚的婚姻。忠诚是艾稚的底线。这个男人已经触碰到艾稚的底线了。

第二章　没有什么是一成不变的

什么东西能够留得住？

你能留住你的念头吗？

活在过去，又有何益？

此时的艾稚心灰意冷，觉得人生了无趣味。她恨老天不公，她这么努力，为什么还让她经历这些？命运怎么可以这样对她？

生活为什么会这样？艾稚真是想不通。艾稚需要一个清静地，让她好好地静一静。

艾稚想起了老禅师。一想起他，艾稚就觉得宁静与祥和。艾稚决定投奔老禅师去。艾稚是在多年前一个朋友组织的企业家禅修营上结识老禅师的。那一次老禅师给他们讲《六祖坛经》，老禅师住在洄龙河边的全息精舍里。

两天后，艾稚拖着行李箱离开了。临走前，艾稚给教授发了一条短信：我依然记得当年那个许诺会爱我一生一世的人当时一脸认真的模样，可是现在已物是人非。我用整个的青春爱了你，你却葬送了咱俩所有的后来。我只希望你毁了我之后，不要再执迷不悟，毁了他人。再见！

艾稚一袭禅服，孤身一人行走在通往全息精舍的水泥小道上，孤子中不乏仙风道骨。前几年，这里还是石头路。艾稚喜欢这里的泥土，肥沃而且散发着芬芳。道路两边是密密的树，抬头望去，满眼全是稻田、菜地、青山，耳中回响的是风吟、水唱、虫鸣。老禅师的全息精舍就在这样一个离自然很近、离红尘不远的地方，画栏翘檐的四合院掩映在竹林之中，远远就能听到曼妙的佛乐声，周边的花园、菜地里的瓜果都是陪伴老禅师的修行者。

艾稚走到精舍大门口，远远看见老禅师站在高处的禅堂门口望着她，艾稚顿时泪盈满眶，这个坚强得连离婚、转让公司都没有当着人家的面流过一滴眼泪的女人，疾趋至老禅师身前，一句"师父"便跪在地上哭开了。这场哭，撕心裂肺、哭天喊地。老禅师等她稍稍平复，摸着艾稚的头，说："孩子，先安顿下来。慢慢和师父说。"

艾稚仍然是睡觉,她似乎要把这一生所欠的睡眠补回来。艾稚从小勤奋,是一个极不要父母操心的孩子。幼年时读书,虽不如古人头悬梁锥刺股,也日日挑灯夜战,工作后加班加点,十天总有个七八天。对教授和孩子缺乏陪伴和关注也是教授出轨的原因之一吧。

第二日午膳,老禅师看到艾稚情绪略好些,笑着说:"睡神,来我这里莫不就是来睡觉的?"

艾稚笑答:"你这里好睡,清静。"

"下午师父去采草药,你可同去?"

"正有此意,睡了这么几天,也想出去走走了。"

两人走在浔龙河边,看着河水滚滚东流不息,老禅师让艾稚站在浅水里,问:"你能让河水留在此地吗?"

艾稚说:"当然不能。河水是流动的啊。"

"那你还是想办法留住它们才好。"

"河水自然东流,我为什么要留住它呢?"

"那事情发生了就发生了,你为什么还要把它们留在心上呢?"

艾稚为什么要把它们留在心上,"因为我被伤害了,我被抛弃了,我被否定了,我要被爱、我要被认同、我不能被抛弃,不能被否定"。老禅师不客气地问:"痛苦哪里来?烦恼哪里来?需求满足了,价值被认可了,马上就如意了,如意了就开心满足了。需求未被满足,价值没有得到认可,就不如意了,就烦恼痛苦,是这样吗?人生不如意事十之八九,你是要事事都如你所愿是吗?"

艾稚默然不语。

老禅师继续问:"天要下雨、出太阳、有乌云或是打雷闪电,天气的变化会随你的愿望而改变吗?"

艾稚:"不能。"

老禅师:"那天上的风云雷电是想什么时候出现就出现的吗?"

艾稚:"不能。"

老禅师:"为什么不能?"

艾稚:"它有自己的运转规律。"

老禅师:"是不是它有自己的因缘果?带电粒子要达到一定的程度才能处在放电状态,放电的声波不就是雷声吗?电波、巨大的电流转化出来的声波,姑且称之为雷,这些东西都不能如你所愿,那你现在如你所愿是什么? 当下能够如你所愿的是什么?"

艾稚不敢回答,她要爸爸活着,要教授只爱她,要公司一直红红火火。

前边有一大石块,老禅师要艾稚坐下,艾稚才坐下,老禅师又让艾稚站起来。

老禅师继续讲:"是不是你想起来就起来了,你想坐下就坐下了？我们不去改变任何人,也不去要求任何人,我们只可以调整自己,把自己调整到很舒服的状态。这个很舒服的状态也要因缘,就是你要起一个好的念。你起了一个好的念,瞬间就有一股好的力量被你所摄受,这股力量就会驱动你导向一个很好的行为,你马上就受到一股很好的能量导引,很开心,无所求。有所求,你就要有所付出,然后在付出的过程中你又患得患失?"

艾稚:"是的。"

老禅师:"求也要有一定的因缘果,就是你要去积累好的因。什么叫如意,什么叫不如意？所谓如意,就是如我意愿,不如意,就是不如我意愿。不如意是你的意落在愿上,愿又落在希望上面,是因为你有希望啊。那你这个希望要跟自然、社会、人群等进行因缘果对应,你不能一个人在那里自因自果。就像你栽了一棵树,这树必须今天就开花,能吗？可能吗？它有它自己的规律,要尊重它的规律吧。9 月开菊花,你非要它5 月份开,那怎么可能呢？结果你说不开就不行,那你去做那盆菊花你也开不了啊,这就是不尊重规律。你在那里自设因、自设果,在这个因果上打转,所以人生当中的很多不如意都是自己违背因缘果造成的,因为它不符合规律。"

想起父亲走后,原来的一些业务单位的领导对待自己的态度明显变了,办事的时候打哈哈的多,艾稚忍不住问:"为什么所有事情可以在一瞬间发生那么大的变化呢? 人生难道不过是一出戏、一场假相吗?"

老禅师:"所谓的假相只是你自己设定了一个相,满足不了就说是假相,满足得了就说是真相,不还是你自己定义的吗? 那你时刻就处于一种妄想当中,进入幻相之中,时刻没有把心放在当下,当下的你不是真实的吗? 我掐你你不会疼吗? 我打你你不会叫吗? 你不是有反应吗? 冷了你会穿衣服,热了你会脱衣服,这不是自然对应吗? 饿了回去吃饭,没钱了回去挣钱,这不是当下对应吗? 你见过不变的东西吗?"

艾稚:"没有见过。"

老禅师:"你能留住你的念头吗?"

艾稚:"不能。"

老禅师:"万事万物都依因缘而变化,不会停下来,就像天要下雨,娘要嫁人,就像太阳从东边升起从西边落下。环境背景变了,人脉变了,别人当然会变。人体每时每刻都在发生变化,生理现象如此,人的心理何尝不是如此? 物质的现象也一样,一件衣服穿久了会旧会烂,一座房子住久了会坏会倒塌。无论物理现象、生理现象还是心理现象都是无时无刻不在变化着,找不到一成不变的东西,变化是一切事物演化的基本特征,只有变是不变的。如果不了解这个,以为物永远属于我,以为山河大地历久不变，人心恒常，那就是与规律对抗。对应的条件变了，你就要变，不变就是自寻烦恼，就会犯错误。你现在的痛苦不就是不接受这些变化吗？"

艾稚："是啊，我原来以为好的会一直好下去，不会改变，我以为万事总是能如我所愿。现在才知道，这个意愿就如同水中月、镜中花，是虚幻不实的。我以为爸爸不会离开我，以为教授会永远爱我，以为我的公司会越做越大，却原来不过是一场梦而已。"

老禅师："任何事物都是相互依存的，没有单独存在的事物，万事万物都是运动变化的，一切都在变化中组合、和合，一切都在组合、和合中改变。万物运转自有其规律，不随任何个人的意志而改变。

"自己的需求与欲望是自己凭空捏造或者凭空塑造的，在妄想中转，头上安头，心上起妄念，妄念生幻相，幻想起妄境，境上起境，念上生念。外境早已变了，你看到了吗？你不过生活在自己的妄念制造的假相中，你见到真实的他人了吗？"

艾稚沉默不语，她看到真实的他人了吗？没有，她从来就没有见到过他人，直到儿子出世，艾稚眼里从来就没有过别人。她从小乖巧懂事，德智体美劳样样拔尖，在家里、在学校都是集万千宠爱于一身，从小学到大学，到参加工作、自主创业，再加上老公的疼爱，直到爸爸离开之前，她一直都是顺风顺水的。艾稚自己也知道,她眼里只有事,没有人,只有自己,没有他人,除了儿子。但对于儿子她也是有要求的,她希望儿子和当年的自己一样优秀,儿子达不到自己的标准、要求,自己就失望和郁闷。她现在知道自己是生活在假相中,生活在自己头脑制造的理想模式中,她完全不知道现实是怎样的。她不知道何时爸爸的身体那么糟糕,不知教授何时变了心,不知公司为什么会那么快走到尽头。前一刻还是万人景仰的女企业家,骄傲美丽爱宠于一身的娇妻,现在却不过是一个"倒霉蛋"。过去的美好生活只不过是一场美丽的梦,现在,这个美梦碎了。

老禅师带着艾稚继续往前走,"我们有一个方向,要去那个地方造一座精舍,怎么去?"老禅师指着河对面的山。

艾稚说:"借助工具、造船、铺路。"

老禅师:"过河先造船,进山先修桥、铺路,你要去做这些事才能到达目的地。然后你在那里造船没木头,修桥没有石头,看来是不如意啊,这不就不如愿了吗?送石头的人来,车在路上翻掉了;送木头的人来,结果在半路上被别人买走了。有变化嘛,要接纳这些变化啊。送石头的没有来,我再去联络啊,不能因为他没送石头来而停止我过河的方向。人一旦有了最终目标,是不会有不如意的感觉的,他每天都在精进,每天都要朝那个目标前进,每一点点前进都是在达成目标……"

艾稚的目标是什么呢？艾稚什么时候放弃了自己的目标呢？

艾稚知道，这是源于父亲的离开。没有父亲这个观众，她觉得成不成功似乎都不重要了，她只不过是要表现给父亲看，要她看到她比男孩子强，看到她孝顺而且能干。

老禅师："石头没送到，不如意啊、不如意，然后觉得这又不怪自己。你看自己都预定了多长时间的木料，也没修成船，一切都是别人的错。你就没有错？为什么？因为你不管外面的变化性，只是要你的计划，不管规律和变化，要按照你的模式来，人家都埋在土里了，还要起来给你送石头，这可能吗？有这样不讲理的吗？"

艾稚笑了。爸爸离开了，她能说我需要爸爸，爸爸必须复活吗？教授的心要变，我能命令他不变吗？人事环境变了，我能讲这个业务对我很重要，你必须把单给我吗？那自然不能。

艾稚："师父，我之所以痛苦，是因为发生的一切与我的预期不一样，而且太出乎我的意料了，我不能接受这个事实，也不愿接受这个事实，我在和发生的一切抗拒，我要事情都按照我的愿望发生，不如我所愿，我就抱怨，为什么你们不能按我的意愿发生呢？你们为什么不满足我的需求呢？于是就回避、就抗拒、就愤怒、就痛苦，怪老天不公，怪爸爸无情，怪教授背叛，怪同事不给力。"

老禅师:"预期与周期是相对应的。人的欲望在现实中投放后有个实现的周期,比如说我们期望孩子考上一所好大学,那到孩子上了大学,这个阶段预期得到了满足,这个周期也就结束了。那么就会形成新的预期。什么预期呢?哎呀,希望孩子选一个好的专业,4年好好地读出来,将来出来找个好工作。孩子的成长有周期,我们需要根据周期的不同重新去做计划,对不对? 一个周期结束又要重新预期。某一个阶段的预期在某一个周期内已经完成了它的使命,我们就要调整。一年365天是一个周期吧,那这一周期过完了我们还把那个周期的事情来对应现在这个周期吗? 那么当下这个周期我们在感受什么,我们在观察什么,我们在享受什么? 我们什么也没享受,我们还活在过去,还活在过去那个周期的没有被满足的预期的痛苦里。当下的预期要跟当下的家庭环境、工作环境、社会环境进行共振,进行对接,才能对应,而不是对抗。"

艾稚反思着老禅师的话,与自己的行为一一对镜。自己的人生已经进入另外一个周期,活在过去,又有何益?

第三章　伤心为谁？

自己照顾自己长大，没有谁抛弃了谁。

伤心是伤自心，还是为了谁而伤心？

不接受他人，实际上是不接纳自己。

在精舍的日子是闲适的，艾稚每日跟着老禅师喝喝茶、读读书、整理整理菜园，闲下来的时间就打打妄想，回想红尘的日子怎么这么快就走到了山穷水尽的地步。

过去了好几天，艾稚本以为她已经云淡风轻地放下了，但只要想起，最打击她的还是教授出轨的事情。父亲离开了，本来她还有教授，但是教授移情别恋了。她几乎同时被生命中两个最重要的男人抛弃了，她不再是那个被宠爱的公主。如果不是那天早晨接到那个倒霉的电话,她也不至于那么快心灰意冷地结束公司,也许她还可以找到新的生意来填补未中标的遗憾。但是她被生命中两个最重要的男人抛弃了,她已经完全丧失斗志了。

想到教授的背叛,艾稚的胸口就好痛,好堵,堵得她几乎不能呼吸。"他怎么可以欺骗我?他怎么可以不爱我?他怎么可以抛弃我、丢下我不管?"陷在受害者情结的艾稚已经完全忘记事物是变化的,连太阳地球都在不停地奔跑,大海都能变成高山,何况人?对于离婚后未知的世界,艾稚充满了恐惧。在老禅师这里,她已经偷偷痛哭过好几回,她真的不甘心。

她需要父亲的认同来支撑自己的奋斗,她需要教授的爱来支撑自己的幸福感,如影随形的被抛弃感、愤怒和怨恨压得艾稚的肺都要炸了。这是什么样的因缘果?这是什么样的幻相人生?简直就是一场骗局。想起与教授过往的甜蜜,以及今日的分道扬镳,艾稚痛心到恨不得把自己的心揪掉,不要有这颗心,才能活下去。

"我真的不能接受教授的背叛。"一次和老禅师喝茶时,艾稚忍不住冒出这句话。老禅师用眼神鼓励她说。艾稚诉说着她和教授相爱的点点滴滴,除了这件事,教授以前几乎能够满足她所有的心理需求,从不会对她说一句重话,不会让她受一点委屈,即使偶尔出差,也会把她和儿子的生活安排好。

"男人难道就是这样吗？可以一边山盟海誓地说爱一个人,一边在背地里干见不得人的勾当。"艾稚望着老禅师,以祈求的眼神求老禅师给她一个答案。老禅师用手摸了摸艾稚的头,艾稚依顺地闭上了眼睛,眼泪如洪水般往下淌。等艾稚稍微平复一些,老禅师开始用轻柔的声音提问:

"你很在意教授是吗？"

"是的。"

"你爱他吗？"

"是的。"

"你舍不得离开他是吗？"

"是的。"

"离开他你很害怕未知的未来,是吗？"

"是的。"

"你害怕自己找不到爱你的人了,是吗？"

"是的。"

"教授能满足你的需求,你知道他的需求吗？"

艾稚沉默良久,说:"我不知道。"艾稚很汗颜,她真的不知道教授的需求是什么。一起生活了十年,她居然没有为教授买过一件衣服、洗过一双袜子,她不知道教授爱吃什么菜,喜欢看什么类型的电视剧,只有教授照顾她,她从来没有照顾过教授。对教授，从来都是艾稚在要求，不如她的意她就生气，而教授对她几乎是完全的包容。她不在意教授的感受，甚至当着教授朋友的面宣扬：贤妻是不做的，良母是要做的。

"你伤心，是为教授的背叛伤心，还是为你自己的完美形象被破坏了伤心呢？请诚实地面对自己，然后回答我的问题。"

艾稚沉默一阵，说："我觉得自己不完美了。"在教授面前，她是那个被宠爱的、可以恣意妄为的小女孩，这让她觉得很满足。教授的出轨，不仅打破了教授把她放在第一位的幻相，更让她觉得自己的完美被破坏了。

"你担心别人会怎么看不完美的你是吗？"

"是的。"

"世上有完美的人事物吗？你见过吗？"

"没有。"

"你觉得自己没有价值了，是吗？"

"是的。"

"价值是别人能够给你的吗？"

"不是。"

"你觉得自己被否定了，是吗？"

"是的。"

"你自己不否定自己，别人能够否定你吗？"

"不能。"

"请诚实地回答,你是为他出轨的事情伤心还是为你自己伤心呢?"

"为自己。"

"你给自己贴上了婚姻失败者的标签,是吗?"

"是的。"

"这个标签哪里来的?"

"应该是传统观念吧。"

"这是你自己的观念吗?"

"不是。"

"这个观念是真实的吗? 百分百真实的吗?"

"不真实。"

"一段婚姻分手了,就代表自己是失败者,是吗?"

"不是。"

"一个女人的失败是以离婚为标志的是吗?"

"不是。"

"你不了解他的需求,只有对他的要求,你认为这是真正的爱吗?"

"不是。"

"你在婚后爱过别的男人吗? 在意念里爱过,也是一样的。"

"是的。"

"人一生中不可能只爱一个人,是吗?"

"是的。"

"每一份爱都是完整的,是吗?"

"是的。"

"并不能因为你爱过几个人,就否定你的爱,是吗?"

"是的。"

"并不能因为他爱过几个人,就否定他的全部,是吗?"

艾稚痛苦地承认:"是这样。"

"人不是非好即坏的,是吗?"

"是的。"

"你能够改变已经发生的事实吗?"

"不能。"

"他怎么做是他的事,你接不接受是你的事对吗?"

"是的。"

"对方出轨是对方的事,并不代表你的失败,是这样吗?"

"是的。"

"对于过去已经发生的事实,我们抗拒不了,只有接受,是这样吗?"

"是的。"

"我们只能允许它存在,是吗?"

"是的。"

艾稚太息般地重复:"是的,允许它存在。"

老禅师让艾稚去感受"允许"是什么感觉。"允许就是让事情如其所是的发生,不抗拒、不评判,只是看着它流过,如同河岸只是看着河水流过一样。"

"记住这种感觉好吗?"

"好的。"

"现在请睁开眼睛,回到我这里。"

经老禅师的幻象整合法一问,艾稚顿时觉得轻松了很多。艾稚认识到自己是自私的,她并没有真正爱过教授,她爱的只是自己,她爱的只是自以为被爱的感觉,她依恋教授,只不过为了满足自己的需求。一旦教授不能满足她的需求,她就要毅然决然地抛弃他。

教授曾经那么诚恳地向她道歉,一再表示他是爱她的,他从来没有想过要和她分开,而且保证不再出现这样的事情。但艾稚绝不给他一丁点机会,她不能接受他破坏了自己的完美。

艾稚的伤心,是她想象中的完美婚姻被破坏了,是自己也不完美了,艾稚不接受不完美的自己。

第四章 8字秘诀

我们真的看见他人了吗？

婚姻离合,有其定数。

互生、互利、互害是一切关系模式的转化结果。

一日,老禅师的一个男弟子罗总来看师父,他是一个家族企业的副总,老总是他老婆。

老禅师带着两人一起上山采草药,让他们用眼睛、鼻子、嘴巴和手去感受不同草药的气息。老禅师也让他俩用手去感受不同的树木,感受树木不同部位的感受,用鼻子去闻不同草木的气息,用眼睛去看大自然不同的呈现,看看大自然在诉说些什么。

艾稚觉得很新奇,她第一次发现原来树木也有不同的语言,只要静心去感知,每一种草木都有自己的气息,就是一棵树木的不同部位,感受也各不相同,这是艾稚从来没有想到过的。她以前从来就没有去仔细去观察过它们,感受过他们。比如说,艾稚用手感知一棵长在石缝中的树,这棵树,根暴突结节于石外,枝干斜倾弯曲而多疤痕,那石头的气息是静止的,树根的气是沉静的,枝干之中有升腾之气,关节处最明显。再观此树根枝,凹凸出强劲坚韧之相,彰显出夹缝中求生存之力量。

老禅师说,这才叫看见。

对于教授,艾稚何尝看见过呢? 何尝用心去观察、感受过呢? 她只是享用着他的关爱。

"是不是只有经过细致的观察、用心的感受,你才能感知他人他物的生命与呼吸,才能融入他的物质呈现所要表达的信息之中? 为什么要去感受,因为真实的身体感受比妄念纷飞的脑袋更有智慧。今天师父已经把自己认识万物最重要的窍门告诉你们啦,总结为 8 个字:观察、感受、对应、反应。在观察中感受,在感受中对应,这个时候做出的反应才会是客观的、适度的,明白了吗?"

老禅师健步在前,两人气喘吁吁地在后面跟。

罗总问艾稚:"你了解男人吗?"

"不了解。"

"你觉得是什么原因让你不了解男人?"

"我从来就没有去观察过他们、感受过他们。只看到头脑中的标准化的男人,只看到自己想看到的,而没有看到现实生活中真实的男人,更没有看到一个男人也有不同的面相。"

罗总说:"男人是最要面子的,男人很难从一个比自己挣得多的女人那里找到自尊。男人需要被肯定、被认同、被尊重、被需要,在你这里得不到的仰视,他需要到别人那里去得到。"

"男人长情而不专情。男人偷情,多数目的是为了性,偷到以后并不会珍惜。他们要的是外面彩旗飘飘,家里红旗不倒。背叛是男人的血统,博爱是男人的宣言,自由是男人的口头禅,见异思迁是男人的一贯风尚。"说完,罗总哈哈大笑,"你们女人啊,就不要活在自己一厢情愿的理想婚姻中啦,哪里有呢?"

艾稚横着眼睛看着罗总,觉得这个罗总很不可爱,但艾稚知道,他的话虽然刺耳,但他说出了现实婚姻的真相。

这时,老禅师站在坡上指着前面的山坡,问:"山坡上的树木你们能看出什么差别?"

"向阳的树木长势比较好,向阴的会矮一点。"待两人赶上老禅师,罗总抢着说。

"那你们看看，这山里面哪里还呈现阴阳？"

山为阳，水为阴；天为阳、地为阴；树为阳，草为阴；叶背为阳、叶面为阴；花为阳，叶为阴；石为阳，土为阴；左为阳，右为阴；前为阳、后为阴；上为阳，下为阴；外为阳，内为阴；东南为阳，西北为阴……艾稚和罗总七嘴八舌地说了许多。最后，两人觉得在外边找得差不多了，互相看着彼此的时候，一起欢快地叫起来，"还有，男人为阳，女人为阴"。

老禅师道："'阴阳'是中国哲学最基本的范畴。《易经·系辞》中说，'一阴一阳之为道'，认为事物都有阴阳两个方面、两种力量，相反相成，相互推移，不可偏废，构成事物的本性及其运动的法则。一阳一阴之为道，阴阳又是互动、和合变化的，阳扩展到一定的程度，阴衰，阴扩展到一定程度，阳衰，阴衰阳盛、阳衰阴盛，阴显阳隐、阳显阴隐，如此周而复始地运动变化，形成变化周期，就像一年四季轮回，花开花谢一样，阴阳互动，对立统一，升降平衡，和合变化。世间万事万物不管是阴盛阳衰也好，还是阳盛阴衰也好，不可能长久处于阴阳能量失调的失衡状态，在一定周期内都会自然产生阴阳能量对流调和，回到阴阳能量均衡，也就是中道平衡的轨道。平衡的关系是稳定的，男女相处之道，也讲究阴阳平衡，罗总，你认为呢？"

"是的，师父。男人是天，女人是地，按照天地之道，天在上,地在下,地生来就是仰视天的,这样才平衡。现在很多女人骑到男人头上去了,那就是要翻天了。一些女人控制欲很强,总是想把丈夫塑造成她想要的样子,达不到,就批评和指责。我家那位就是这样,师父,我苦恼着呢。"

艾稚听了罗总前半截,觉得这个人真是很讨厌,但听到他最后一句,他说自己正苦恼着呢,又有些同病相怜的感觉。

罗总看着艾稚,诚心地问:"你们女人到底是怎么想的?"

"我会想:你为什么不能用我想要的方式爱我?你为什么不能满足我爱的需求呢?女人要的是被爱的感觉。男人不按照女人的要求给,就会继续被要求。女人其实只要感觉到被爱,就一切都 OK 了,就一切都美好了,就什么都愿意为男人去做。你们男人到底要什么呢?"

"男人要尊重、要肯定、要仰视、要自由。我爱你,但我更爱自由。你爱我,如果你所谓的爱像绳子一样捆绑了我的手脚,我那自然要挣脱、要逃避。女人,要守住阴位。你在外面风光也就算了,在家里你是我老婆,当然不能太强势,要归位、要温柔,俗话说柔能克刚,我就最怕女人撒娇了。你们这些所谓的成功女人就是不懂,自己的男人自己不滋养,等到他去享受别的女人的千娇百媚时,你就只有恨得牙痒痒了。"

"那是因为没有一个守住阳位的男人好不好?那是因为有些男人实在不值得尊重好不好?"艾稚虽然觉得罗总讲得有

道理,但见他针对女强人,便和他杠起来,"难道那女强人就注定不能有幸福的婚姻吗?"

"那当然不是,只是回到家里你要回归到阴位,温润贤良。"

老禅师见两人争得热闹,问:"你们俩的婚姻有一个共同的问题,你们认为是什么?"

"阴盛阳衰。"罗总抢着说。

老禅师说:"是婚姻中的角色错位问题。"

听老禅师这么说,两人竖起耳朵认真听。老禅师说:"在婚姻家庭中,夫妻间通常会有几个角色,分别是男人、女人;小男孩、小女孩;爸爸、妈妈。这样几个角色的相互搭配会产生四种婚姻关系模式:小男孩和妈妈;小女孩和爸爸;男人和女人;小男孩和小女孩。

"第一种关系模式是:小男孩和妈妈。如果家中的丈夫大多时候是一个'小男孩',妻子往往就放大了做'妈妈'的那一部分。如果长期没有机会做小女孩或者女人,妈妈做累了的时候,她就有可能在外面去寻找男人或者爸爸。

"第二种关系模式是:小女孩和爸爸。在爸爸缺席或者缺失、缺位的原生家庭里,小女孩得不到呵护,那么她会跑出去找一个理想爸爸类型的男人,她不为钱也不为性,只为一份父爱的感觉。

"第三种关系模式是:男人和女人。这就各归本位了,是婚姻中正常的关系模式。

　　"第四种关系模式是:小男孩和小女孩。两个天真的小孩在一起可以创造出很多新的生活方式,这样的婚姻绝对是具有传奇色彩的。挑战在于由于缺少大人的监督,小孩子容易闹别扭,像小孩子过家家一样的吵架随时都会发生,你扇我一巴掌,我扇你一巴掌,但好的也快。如果他们能够学会在相互擦眼泪的过程中长大,婚姻之舟就会航行更远,否则就会出现两个受伤的小孩,哭泣着一个向东一个向西的结局。"说完这些,老禅师问两人:"你们的婚姻属于哪种模式?"

　　艾稚说:"我的婚姻关系是父亲与小女孩的模式,这种模式满足了我的需求,但是不能满足教授的需求。婚姻中女人缺席,他自然要去找女人。"

　　罗总说:"我的婚姻关系是母亲与小男孩的关系,我老婆可能因为家中没有'男人',她要去找'男人'或者找一个爸爸。"

　　"婚姻关系无非是一种平衡,你们认为什么关系最平衡?"

　　"那自然是男人和女人的模式。"

　　"也不尽然。"老禅师说,"婚姻中的关系模式会因为婚姻的阶段不同而发生变化。两个人刚开始恋爱的时候,女孩子可能是因为另一半能够给她无微不至的关怀,非常负责任,她就是因为这样的原因才嫁给他的。这其实就是'小女孩和爸爸'的爱情模式。但当两个人走到婚姻中的另一个阶段的时候,女孩子可能会因为'小女孩'的需要得到了满足,所以另外的自我开始起主导作用了,比如她的'女人'的部分就会出来主导爱情关系。这时候如果那个'爸爸'还是无微不至地照顾她,她就可能会嫌弃她不够阳刚和具有活力。

"男人和女人的关系模式的优势在于:家庭中拥有激情和二人世界,双方是平等和独立的。爱情中的核心元素激情在这样的婚姻中比其他模式的婚姻体现得更淋漓尽致,性的和谐程度是所有模式中最高的。婚姻走了好久,他们看起来还像是刚恋爱的样子,有时候家中小孩子都会嫉妒。挑战在于家中可能缺少更多的温暖的氛围。如果在婚姻中或多或少表现出一些对方缺少的父爱或母爱的元素,这样相互弥补的婚姻更牢固。"

"所以要根据婚姻的进程调整自我状态,使双方之间的自我状态能够对等或匹配,不匹配的角色关系就会造成婚姻危机,许多婚姻就是在这样的变化中走到了尽头。"嘴快的罗总又抢着说。

艾稚回想自己的婚姻模式,最开始是小女孩和爸爸模式,后来教授觉得艾稚长大了,不愿再做那个爸爸了,艾稚心理就不平衡了,觉得教授不再爱他了,觉得他不能满足她爱的需求,所以频频表示不满,愤怒、生气、吵闹、对教授不理不睬,于是教授就另外寻找怀抱了。艾稚的问题是老公要变化,但是她坚持要原来的模式,不肯改变。

老禅师夸罗总领悟快,不过要在生活中用出来才算。老禅师还告诉他们,在婚姻生活中用"田忌赛马"的模式来做指导,进行排兵布阵是必要的。

"老公出'男人',你出什么?"

"女人。"艾稚回答。

"老婆出'小女孩',你出什么?"

"出爸爸。"罗总回答。

"老公出'小男孩'的时候,你出什么?"

"出'妈妈'。"艾稚说。

"这样就匹配了,就能保证三局两胜了。两性关系尽管难以经营,也可以做到运筹帷幄之中了。"

三人都笑了起来。

"不管哪种身份,有个主线永远是不变的,即互相滋养对方的心灵,在自己心灵成长的同时,也影响和帮助对方走向心灵的独立和自由、心智走向成熟,在彼此成长的过程中,让爱升华,回归,这才是两人角色与关系相伴相应的最重要的礼物。"老禅师语重心长地说,"所以男人和女人相处,要坚守8个字:尊重、倾听、引导、合作。时刻把握一种合作的关系,在理解对方需求的基础上才能合作,妥协与合作才是相互依赖、快乐的成人关系的关键,才会在合作中实现双赢,才不会有那么多的要求与控制。"

罗总马上接话:"是的,就好像和生意伙伴一起做一笔生意,相互尊重是起码的,听清楚对方说什么,对方的需求是什么,这是谈判的基础。不同利益主体会有不同的利益诉求,需要相互沟通,相互理解与协作,对对方做一些方向性的引导,令各自心甘情愿地做出一些让步、妥协,而不是谁要求谁,谁命令谁。只有各自的利益平衡了,心理平衡了,合作才能进行得下去。"

艾稚也说:"太好了,师父,这八个字用在家庭关系上,真是太经典了。对孩子,我们要学会尊重孩子的需求,倾听孩子的心声,而不是颐指气使,把孩子当作自己的产品、自己的附属物,要求孩子按照我们的想法去塑造他自己。父母可以平等地沟通自己的经验、经历、想法,引导孩子自己做出选择,尊重孩子的选择而不是用大人的思维去替代孩子的思维,用大人的标准去要求孩子。父母是孩子的合作伙伴,是陪伴孩子成长、在旁边摇旗呐喊的啦啦队员。妻子和丈夫的关系也一样,是一种合作关系,彼此沟通,在意见不一致时,求同存异,合并同类项。其实我们跟所有人的关系都是一种合作关系,没有什么该做什么或者不该做什么,如果各自活在自己认为对的标准里面,就合作不下去。就像我和教授的关系,因为我坚持自己认为对的标准,合作就破裂了。"

老禅师看着两个人举一反三地应答,很是高兴,总结说:"今天,师父给你们传了两个8字法门,一个是'观察、感应、对应、反应',这是认识万物的8字秘诀,一个是'尊重、倾听、引导、合作',这是人际交往的不二法门,希望你们常用常新。"

边走边说,老禅师给他俩讲了个故事:从前有个书生,和未婚妻约好在某年某月某日结婚。到那一天,未婚妻却嫁给了别人。书生受此打击,一病不起。这时,路过一游方僧人,从怀里摸出一面镜子叫书生看。书生看到茫茫大海,一名遇害的女子一丝不挂地躺在海滩上。路过一人,看一眼,摇摇头,走了。又路过一人,将衣服脱下,给女尸盖上,走了。再路过一人,过去,挖个坑,小心翼翼把尸体掩埋了。僧人解释道,那具海滩上的女尸,就是你未婚妻的前世。你是第二个路过的人,曾给过她一件衣服。她今生和你相恋,只为还你一个情。但是她最终要报答一生一世的人,是最后那个把她掩埋的人,那人就是她现在的丈夫。书生大悟。

老禅师讲完故事,问:"书生大悟的是什么?"

罗总说:"婚姻离合有其定数。"

艾稚说:"这个世界上没有一件事情是无缘无故出现的。当我们只看眼前,和过去切割的时候,很多事情会觉得愤愤不平,但把过去的因缘打开的时候,会觉得本来就应该如此,诸法因缘所生啊! 我们看到一个人,经历一件事,会感到痛苦,为什么呢? 因为我们没有把过去、现在、未来放在一个系统内同时看。"

罗总感叹:"看来有的夫妻互敬互爱,有的打打闹闹,甚至互杀互害,都是有因缘的。"

艾稚也感叹:"一切自有安排,凡事都有因果,这世上没有无缘无故的爱。种善因才能结善缘,缘尽了,分开也是自然。"

两人你一言我一句,抢着说话。等两人停下来,老禅师讲:"人与人之间的各种关系,无外乎报恩报怨讨债还债,所谓善缘恶缘,无缘不聚。但我们可以把握缘、调控缘、创造缘,把握住机缘,转化恶缘,让善缘结善果,调控善缘,创造善缘,结出更多的善果。夫妻之间,也是如此。两人能携手走完人生固然美好,可陪上了一段也应心存感激了。相遇是一种缘,相识、相恋更是一种缘,在该放手的时候放手,看起来是放他人生,实际上是放自己生。如果能因此而了解自己在婚姻中所呈现的习性模式,从而有机会进行自我调整,这也是一段婚姻生活送给自己的最大的礼物。"

第五章　二元对立注定烦恼

什么叫好，什么叫不好呢？

为什么一吵架就要离婚？

水无常形，法无定法。因人而变，因事而化。

第二天，精舍来了一对正在吵着要离婚的年轻夫妇。女的数落男人的不好，男人也数落女人的不是。他们在老禅师面前说了一阵，老禅师才开口。

老禅师问他们："什么叫好，什么叫不好呢？"

女人说："他总是我行我素，不听我的意见。"

老禅师问女人："你所谓的好就是他要按照你的想法去做啰。"

女人说:"好像是哦。"

老禅师再转过来问男人。

男人说:"她总是要求我这也不能做那也不能做,让我觉得很不爽。我难道都不能有自己的想法吗?"

老禅师:"那你所谓的好就是要她尊重你的想法啰。"

老禅师转过头来问女人:"你总是会听男人的意见么?"

女人说:"我不会。我为什么要听他的意见呢? 我难道不能按自己的想法做事吗?"

老禅师说:"那你们扯平了。"

女人说:"但是他说过要爱我一辈子的。可是他现在一开始画画,就不理睬我了。"

老禅师说:"也就是说,你希望他在画画的时候也要爱你啰。"

男人说:"我是爱她的,但我在投入绘画的时候不可能总想着她吧。我不可能时时刻刻把她捧在手心吧。"

老禅师问女人:"你有什么爱好吗?"

女人说:"我爱看韩剧。"

老禅师问:"你看韩剧的时候一直想着男人吗?"

女人想了想说:"好像没有。"

老禅师说:"那你们扯平了。"

老禅师转向艾稚:"你总结总结他们的问题。"

艾稚说："很多夫妻吵架都是因为自说自话,每个人都在说自己的需要,每个人都看不到对方的需要,每个人都做着自己想做的那个角色,每个人都不愿意做对方想要自己成为的那个角色,总是想要对方满足自己的需求,自己却不想满足他人的需求,不愿意被塑造、不愿意被控制。"

老禅师问："你有什么方子送给他们吗?"

艾稚想起老禅师昨天讲的 8 字窍诀:"尊重、倾听、引导、合作。有的人以为夫妻双方会以相同的方式思考和感受,这是一个误解。夫妻来自不同的家庭,有不同的人生模板,有不同的表达爱的方式,需要沟通和磨合。把彼此当作战略合作伙伴来尊重,倾听对方的心声,理解对方的需求,彼此做一些调整与退让,培养出双方都能接受的方式,在意见不一致时,求同存异,放下单方面的要求,允许对方保留属于自己的领地。还有就是相互支持、共同成长,以此实现身心的融合。"

老禅师看着男人和女人,问:"你希望做你自己,其他人也希望做他自己是吗?"

"是的。"两个人异口同声地回答。

"人生如同旅行,家人朋友都是我们的旅伴,他在做他自己,我们也做我们自己,好吗?"

两人回答:"好的。"

老禅师请艾稚与这对夫妻对对境。艾稚说:"我跟她很像。以前，我不会和教授说我的想法，只在脑子里幻想他应该怎样怎样，如果教授的表现和我的想法不一致，我就会生气。其实人啊，都活在自己的头脑里，自编自导自演着一出出戏。如果对方应景入戏，满足了我们的需求，那是一桩美事。如果他拒绝了呢，他不配合呢，他不愿意按照我们所编好的剧本扮演我们需要他扮演的那个角色呢，我们就会陷入一种不塑造成功誓不罢休的爱与恨的纠缠与反复之中。这也是我婚姻失败的原因，彼此塑造不成功，只有各奔东西啰。"

老禅师说："很多人都活在二元对立之中，非此即彼、非美即丑、非好即坏，表现在生活中就是我总是对的，有错都是别人的错；只看到符合我的想法的东西，不符合我的标准就是错的；不能满足我的需求就是要不得的，不按照我的想法做就不开心；头脑中有很多观念和模子，随时用这些东西来套别人，来评判世间的人事物。不是依附他人，就是打击他人；或者他人怎么说，你就怎么做，心中有看法也不表达不沟通，这也是对立，和自己对立。这些日子来，你看到自己总喜欢在二元对立中打转了吗？"

艾稚诚实地说："我就是这样的，二元对立得严重。"在艾稚的世界里，常常就只有两极。

"放下二元对立才有出路，艾稚。在非好即坏、非美即丑、非左即右中自我纠结，采取回避决绝的方式，只看到自己，就注定痛苦。这是跟人天做对、跟自然做对、跟规律做对。如果别人不按照你的标准，就是坏的、错的，你能超越人天法则吗？你能超越自然规律吗？自然的东西有生有灭，规律的东西必有周期，你违背得了吗？这里有一张大白纸，上面有一个很小的黑点，你就盯着那个黑点不放了，而看不到那一大片白了。世间有完美的人吗？有完美的物吗？有完美的事吗？你见过吗？"老禅师语气严肃地问艾稚。

"没有。"艾稚怯懦地说。艾稚凡事追求完美，有了解她的朋友说她不仅追求完美，还是一个唯美主义者，比追求完美更甚。即使外界的事物不完美，她会在臆想中把它们想象得很完美，无论是工作、家庭还是孩子，然后自己活在那个自欺欺人的完美中。这一次，戏演砸了，她无法自圆其说自己编织的完美了，所以她要扔掉他们。对于自己认为不完美的东西，她采取的方式就是扔掉，家里的电器坏了，她从不维修，而是买新的，这次扔掉的是丈夫和事业。

"你为什么放弃婚姻？因为它已经不完美了。你为什么放弃公司，因为它有黑点了。对于自己认为好的，你总想紧紧抓住它，把它留住；对于自己认为不好的，就总是排斥、拒绝、逃避；对于不好不坏的，则不理不睬，忽略它们。这就是你的模式。今天你看到了这种不成功的模式吗？"

艾稚低着头不作声，她知道自己就是这样。为了得到外界的认同,她努力表现自己好的一面,隐藏自己认为不好的一面,制造完美的假相。对人、事、物总要分个高低上下,要分别,要比较,比不过就自我贬低,求之不得就逃避,不如意就烦躁郁闷,自我攻击,导致身体上常常这里痛那里不舒服的。在她的内在还有一个严厉的声音总在评判自己,你是不够好的,你是没有价值的,为了让内在严厉的父母满意,就一刻不停歇地忙碌着去证明自己的价值。

"你做了你自己吗?"

"没有。"艾稚不知道自己为什么会脱口而出这样回答。

老禅师有些激昂了:"你们这些受所谓的科学观教育出来的孩子,总是把世界看成二元对立的,这就注定要吃苦。就像瞎子去摸象,只看到局部而无法见到整体。而整体永远大于部分之和,瞎子怎么能看到整体里的生命、系统和逻辑呢?当你用科学的方法把整体割裂了之后,从局部拼凑去认识整体的时候,就会将整体中的生命、系统和逻辑完全扬弃,剩下的只是头脑里固化的概念、观念,你们就用自己仅有的一点点知识、经验来评判世界、自己和他人,而完全不管客观世界的真实存在,尤其是科学所无法解释的意识领域。当科学还没有发展到那一步的时候,就否定一切的存在,这种行为和准则本身就是对科学的否定和极大的嘲讽。在认识宇宙人生的真相的进程中,科学其实永远只是一个孩子,一个充满好奇的孩子,他不断进步,自我否定、自我超越,这个孩子能够认识的世界也在不断扩大,不是吗?"

"是的。"

"还有啊,你们总把世界看成相互对立的唯心和唯物,其实在唯心和唯物之间,还有着无限宽广的中间地带,如同太极图,阴中含阳,阳中负阴,孤阴不生,孤阳不长,阴阳是相互运动和变化的,永远不可能定在哪里。运动变化是这个世界的规律,心和物是不可分的,所谓心物一元。"

"是的,我总是希望抓住点什么才觉得安全,其实什么也抓不住,一切都在运动变化之中。"艾稚说。

"只要有期望、有分别、有评判就会有烦恼。二元对立的思维习惯不破,就会一直陷在贪嗔痴之中。只有跳出贪爱与憎恶,超越非好即坏、非美即丑,才能真正过上快乐与祥和的生活。因为一切都是和合变化的,一切都是相对的、依存的、流动变化的存在,没有一成不变的东西……"

艾稚说:"师父,我明白了,水无常形,法无定法,我们不要试图抓住什么,不要试图去控制什么,随时与外界的变化相应就好。如同天冷了,多穿点衣服,下雨了带伞出门。在与人相处时,要随时随着位置调整角色与关系,换了人我们要重新定位,换了环境也要重新定位,即使面对的是同一个人,时间地点变了也要重新定位。我们要学习因时而异,因人而变,因事而化。"

老禅师满意地笑了。

小两口也若有所思地点着头，互相对望着，心境和来时早不是一个洞天。

第六章　我们被观念捆绑了

人生不如意是由什么产生的？

我们就这样被外在的观念捆绑了起来。

我们为什么孤独？虽然活着，却如同死了。

小夫妻脸上绽放着轻松的笑容，开始有说有笑、有问有答起来。女人问："师父，在你这儿，三言两语，人就变得很轻松，为什么在世俗生活中，总是不如意事十之八九呢？每个人都有烦心事，只是烦的事情不同而已。"

"是啊。"男人附和道，"有一次我们几个老朋友相互诉苦，我在为作品没有得奖烦恼，一个朋友为没有得到升迁而愤愤不平，有一个结婚多年没有孩子，正四处求子……这样的事情不胜枚举。"

老禅师转而问艾稚："人生不如意是由什么产生的?"

艾稚说："因为有很多的需求。需求满足了,价值被认可了,就开心满足了。需求未被满足,价值没有得到认可,就不如意,就烦恼痛苦。"第一次老禅师和艾稚对话,就是说的这个话题。

"你们有一些什么样的需要?说来听听。"

吃得饱、穿得暖、住得好、行有车、有家有子、有一帮朋友、有事业、实现梦想、被爱、被认同、被赞扬、被肯定……三个人七嘴八舌说了很多。

"那我们来看看,哪些需求是真实的需求,哪些是我们制造出来的需求,好不好?"

"好啊!"三人异口同声地回答。

"需求有生理的、心理的,你们刚才说的需求中哪些属于身体真实的需求?"

"吃饱、喝足、穿暖、有地方住。"男人说。

"在饱的基础上有没有比较?有没有喜好?比方说味道好,是不是比较来的?当你啃着馒头,看到别人吃大餐的时候,是不是内心就不平衡了?凭什么我吃馒头他吃大餐?身体的需求会不会转化为心理的需求?"

"会。"

"同样的一盘大龙虾在街面上和在五星级酒店,东西是一样的,原材料是一样的,为什么会那么的不同呢?"

"体现不同的身份和价值。"

"那这个身份、价值又是谁给它赋予的呢?"

"是外在赋予的。"

"我们再来看,我们要穿得暖。一开始要穿得暖和,要把自己的身体包住,然后一看别人袅袅婷婷的,穿得身材凹凸有致的,很有线条感,是不是就想我也要那样?然后跟身材好的人一比,感觉自己胖了或者瘦了,会不会?"老禅师望着女人。

女人马上答:"会。"

"审美观的参照对象从哪里来的?"

"从社会潮流,如流行踩脚裤,街上就都是踩脚裤;流行紧身裤,大家就都穿紧身裤;流行阔腿裤,女生又都穿上了阔腿裤。比方说唐朝以胖为美,杨贵妃就是美,汉朝以赵飞燕的瘦为美,还有'楚王好细腰,宫中多饿死',说明'上有好者,下必甚焉'。"女人说完,大家都会心地笑了。

男人说:"梁实秋曾在他的散文里写过这样一个场景:说是大冬天的,一个女人穿着旗袍,在雪地里走得袅袅婷婷的,所有的目光都看向她,她骄傲极了。当她转入胡同的时候,四顾无人,立即一溜小跑回家,在床上捂着三床被子抖个不停。"男人讲得活灵活现,逗得大家哈哈大笑。

老禅师接过话头问:"当她在雪地里袅袅婷婷地展示自己,塑造一个美女的角色,不怕冷地穿着很单薄,要大家都来夸奖她,来发现她,这个时候,是身体真实的需求吗?"

"当然不是。如果跟内在真实的自己联结、跟自然对应的话,这么冷的天肯定要穿羽绒服,把自己包裹得暖暖和和的才出门,这个时候身材已经不重要了,别人看我的目光也不重要了。"女人说。

"为了外在赋予的身份、价值,不惜用自虐的方式、牺牲自己的方式来跟自然规律对抗,来满足虚假的面子,吃穿如此,住行是不是也一样呢?"

"是的。"女人点头说。

"比如我们去请人吃饭,本来两三个人,你点三四个菜就够了,最后点了七八个,这样的事有没有? 为什么会点七八个呢? 宁愿浪费也不能被别人说抠门,是不是? 请人吃个饭吃得盘盘光,都没有多点几个菜,害怕被别人说小气、抠门、不重视他,是不是? 这跟真实的吃就远离了,真实的吃四菜一汤就够了,吃饱了就行了,是不是?"

"是的。"

"我们害怕外界的评判,我们被社会约定俗成的一些习惯模式绑架了,没有做自己,也不敢做自己。我们被文化习俗绑架、催眠,习以为常了,没有想去破除,即使认识到了,往往也没有那个勇气，因为我们害怕被孤立，不被兼容。我们不愿跟社会的价值观相背驰，我们从众的原因实际上是害怕，害怕被抛弃，害怕被边缘化，害怕被忽略，是这样的吧？我们就这样被外在的观念捆绑了起来，是吗？"

三人一齐点头称是。

"所以我们很多的需要，首先是建立在与社会大众的价值观同步上，这种同步不见得是我们真的需要。也许，我们内心当中并不赞同，如浪费、如凡事不按制度凭关系、好大喜功、金钱为上等等。"

"外在约定俗成的价值观也好，习俗也好，不就是一个个人产生出来的吗？包括我自己在内，我也是一分子，我也这样认为，我们大家一起，都这么认为对不对？那不就是我们公共约定的一个价值观吗？"女人问。

"问得非常好！"老禅师说，"这个就是文化基因。如儒家文化基因里的等级，酒店分等级、衣服分等级。很多企业里什么级别可以坐头等舱，什么级别可以坐商务舱，等级是不是很森严？很严格？这个约定俗成从哪里来的？这个就是从文化基因来的。这种约定俗成属于文化基因对我们几千年来的植入和催眠，我们早已习以为常，已经忘记了我们自己要去独立思考，独立地去做自己，对不对？我们失去了心灵的自由却毫不自知，文化的影响和束缚潜移默化。我这样讲，你们感受到了吗?"

"是的。"三人一齐称是。

"所谓习得,是一个从古到今,从祖宗到我们,一代代的这种传承,所以现在,我们是不是要把我们真实的需求和我们真实的价值观交还到我们自己身上来? 看到自己的需求,把我们自己的需求跟外在的约定俗成的价值观相剥离,适当满足自己的需求,同时也适当满足外在的需求,让内外的价值观匹配平衡、对应,而不是被外在的价值观牵着走,迷失了自己,这样,我们会活得比较自在,是不是?"老禅师说。

艾稚觉得老禅师说得太有道理了,自己以前不就是过着随波逐流的日子吗? 为了赢得别人的认同,像一个男人一样抽烟、喝酒、打麻将。好面子、讲排场,衣服、房子、车子要和自己的身份相当,完全不知道自己真实的需求是什么,将社会浮躁的价值观当成自己的价值观,并以此为标准来塑造自己、要求他人。

老禅师继续说:"许多事情都被赋予很多社会性的东西,比方说结婚,现在要穿白婚纱,抛弃老祖宗的一色红,还专门衍生了各种服务,比如婚介、婚庆公司、礼仪公司,还要大吃大喝,还要办多少酒席,一桌酒席要按照多少标准来办,都是有讲究的。结婚本来就是两个人的事,怎么搞出这么多社会性的东西来了呢? 哦,原来他是有需求的。什么样的需求? 我们是需要被大家祝福的,你俩说是不是这样?需要祝福,一个就是用这种方式把以前送的红包收回来。要不发个短信打个电话不就祝福了吗?心内默默地念叨不就祝福了吗?第二个,借着机会宣告我们两家的社会关系的组合。什么组合?原来你是一家人,我是一家人,两家没有关系,现在呢,我们两家人成了一家人,是亲家,向社会宣告、向所有的亲戚朋友宣告,以后我们这两家就是一家人了,这是一种宣誓,社会关系的公开化的一种宣誓,也是一种文化传统。第三个才回归到婚姻的本质,两个人可以合法地相互占有对方的身体。至于心理能不能占有,那是另外一回事。你们认为是这样么?"

"是这样。"三个人边点头边说。

老禅师看着女人,请她回答问题。"你俩结婚了,你们相互之间是不是就会有很多的要求。比方说,老公他必须对我好,老公应该对我好,老公肯定会对我好等等。"

女人微笑着回答:"是的。"

老禅师说:"老公应该对我好。这个是不是建立在一种被大众泛化的一种固定化的观念上?就是大家都认为,你娶个老婆回来,你肯定要对老婆好啰。"

"对,我嫁给他,他当然要对我好啰。"女人回答。

"我把我的生命都交给你了,你不对我好,那怎么行呢?是不是?"

“对,有要求。”

“然后你就告诉他,工资要给我管,对不对？要不我不给你养娃。然后呢,你最好是上完班要回家,要多陪陪我,对不对？然后呢,我有什么要求要及时地回应,要满足,要不我有情绪,是不是？”

“是这样。”

“这些是你内在真实的情感需求,还是外在植入的观念模板带给你的呢？”

“应该是被外界这种观念影响了,就是传统的这种教育,感觉好像不仅是自己的家庭教育,还有周围受社会、身边的朋友的影响。”女人说。

“嗯,如果他这样做了,你到外边去很容易就跟他人产生情感交流并且产生共鸣,对不对？你对别人说我老公对我就是这样的,他对我好呀,大家都觉得这才是一个好老公,是吧？”

“是的。”

“这个观念是来自外部,是不是？只有这样才能得到外界的认同是不是？”

“对。”

“就是外部认为这样才是一个好老公,同样的,”老禅师面向男人,“她是你的老婆,那你会不会拿一个对好妻子的外在的要求来要求她,有没有?"

"肯定有。"

"会有。比如说你应该顾家,应该做家务、应该带好娃,是不是? 然后父母会告诉你,你要对你的老婆约法三章,不能轻易劈腿等等。是不是这样?"

"是。"

"如果你们没有那些对方应该怎么样、应该怎么样的要求的话,是不是更能真实地看到对方的本性和需求呢?"

"是的。"

"那是不是说,我们在夫妻生活中,容易被外在的观念,夫妻应该怎么样生活的传统观念固化住自己的行为?"

"是的。"

"被外在的观念蒙蔽了我们的思维,我们用外在的观念来衡量对方,对方不符合那些观念,就不是一个好丈夫,就不是一个好妻子,对不对? 这样,就忽略了你面对的这个人真实的本体,是不是这样?"

"是的。"

"这是不是刻舟求剑,是不是自以为是,是不是观念固化,是不是活在观念里? 这个观念固化是不是还在受文化的影响?"

"是的。"

"那是不是说在情感的需要与价值里面我们经常有自以为是的东西?"

"是这样。"

"这个自以为是的东西我们会不会拉虎皮做大旗呀?社会都这样呀,人人对老公的要求都这样呀,怎么到你身上就不灵了呢?你走到哪去看,人家不都这样对老公的嘛,不都这样要求老婆的吗?有没有?"

"是的,会有很多的要求。"

"而且这些要求并不是针对你所面对的这个老公或者老婆的要求,对不对?"

"是。"

"是按照社会化的标准来要求的,对不对?"

"是的。"

"想用这个价值标准来捆住对方,是不是这样?"

"是的。"

"时间长了,观念是不是就固化了?然后在这个固化的观念里生妄想,老公如果不符合这样的标准就是不爱我了。"

"观念固化之后会形成这种想法。"女人说。

"他晚上不回家,也不打电话,他就是不爱我啦。然后你跟闺蜜通电话,闺蜜说那怎么可以呀,我们家必须到哪里去就汇报,这个必须是这样的。你看别人一个必须在你这里叫什么呢,你们家这位已经不按牌理出牌了,是不是这样? 那你这个要求就更加强烈了,对不对? 你必须把他纠正到正确的轨道上来,是不是这样?"

"那是当然。"

"这个时候你的需要是你真正的需要吗? 你真的需要跟他通电话,真的需要他回到家吗?"

"并不是。"

"那是什么? 是为了满足某种价值,一个符合社会认为好老公的价值标准,就是社会认可。还有呢,就是他没有达到社会价值标准的认可,就达不到你所要求的安全标准认可,你就感觉到不安全。因为他跟社会价值背离了嘛,大家都这么做的时候他不这么做,他就有问题了,是不是?"

"是这样。"女人笑答。

"然后你就会生妄想,妄想他满足了你的需求,妄想里面就生出幻相来,说不定他在外面遇到什么事了,饭局啦,牌局啦,或者碰到领导让他加班哪,他过一阵就会回来,一会就会给你打电话,你会不会生妄想,生幻相,当你的心、你的情感住着在这些妄想和幻相上面的时候,你真的需要他吗?"

"不需要。"

"是不是并不是真的需要他?"

"是的。因为并没有看到真实的他人,只是活在自己的想法里,在固化的观念指引下由妄生幻,然后在那里自导自演。"

"还有,两个人在一起会不会制造一些概念或者说约定?"

"会有。"

"比方说以咳嗽为暗号,这个咳嗽就成为概念哪,这个概念背后就有意义啦,就有记忆啦。比方说你俩在一起,咳嗽三声就要互相赞美,哎呀我老婆今天好美呀,你要去夸奖她,这在内心当中是不是制造一种情境出来了?但是当哪一天他跟你的心分离了,他不愿意,你还在那里咳嗽,他已经不跟你的概念回应了,你是不是瞬间就产生了你的需要没被满足,你的价值没被体现的感觉?"

"是的。"

"因为你咳嗽他在那里一本正经地装作没听见嘛,这个时候你是不是马上就会有愤怒?就是你跟我约定了,你说咳嗽三声我们俩彼此都要赞美对方,为什么你现在不赞美我呢?以前都是赞美我的。这是不是没有移步换景哪?这个时候你真的需要这个人吗?你是不是需要被他发现,是不是需要被他认可,那你的这个价值是体现在他人对你的认可上而不是你对自己的认可上,是不是?你自己并没有认可你自己,你是停留在过去的相互约定的概念上面,要通过这种形式和这种仪式才能完成对自己的这种认可,对不对?这个是不是概念僵化哪?概念是不是经常要替换,不能僵化?我们现在很多人是不是在婚姻当中有僵化的概念,活在僵化的概念里面?"

"现在很多年轻人找朋友,首先要看对方是否有房有车,身高要多少多少的,就是活在僵化的概念里了,找的不是爱人,而首先是物质化的东西,已经不能看到背后的那个人了,将自己也物化了。既没有看到自己,也没有看到别人。"女人颇有感慨地说。

"好!我们接着往下走。在这个概念僵化过程当中我们会不会产生自我共情呢?符合这个概念的是不是就会立马产生共鸣?哇,这正是我要找到的,是不是?那这个时候你发现的这个人真的就是很符合你的这个人吗?其实并不一定,对吧?而是他满足了你的某部分的概念,一下产生了共鸣。然后立马就把他放到你的某一个角色里面去进行归位了,你就想当然地把他认作了老公,有没有?"

"会有。"

"会有吧?好,有了之后,然后他说了某些话与你的某些观念又相对应了,跟你固守的某些观念对应,是不是又跟他产生了观念共生啊?概念上的共鸣,观念上的共生,因为他提出的那些观念跟你的观念是不谋而合的嘛,对不对?所有这些是不是自以为是的情感?"

"是的。"

"如果这个观念没有更新,概念没有更新,我们就容易因

060

妄生幻，容易刻舟求剑，并且由于没有人在这些观念上跟我们进行对应，我们是不是会自我共情产生自怜？我怎么这么可怜！我怎么就找不到我想找到的！我这么好竟然没人发现！是真的没有人发现你吗？是我们自己首先没有发现自己！因为我们带着太多的观念和概念这些框子在手上嘛，我们不仅约束了别人，最终约束的是谁？"

"自己。"

"所以我们内在的这些自怜感、自恋感是怎么来的？是不是因虚妄而来，是不是受这些观念和概念的影响而产生的？是这样吗？"

"是的。"

老禅帅和女人的对话，令大家思考。

老禅师请艾稚谈谈自己的看法，艾稚侃侃而谈："我们为什么成为现在这个样子，为什么会这样想，这样做，跟我们所处的文化环境、风俗习惯是分不开的。如在中国古代，女子以大脚为耻，小脚为荣。直到五四新文化运动，才遭到猛烈批判，以后才移风易俗。前不久我到泰国旅游，导游介绍有一个长颈族，按照他们的风俗，女孩在 5 岁的时候就要在颈部套上铜圈，十岁开始便每年在颈上多加一个，一直加到二十五岁为止，而且终生都要佩戴。长颈族以长颈为美。而这种美，在我们看来是不可理解的，不仅不美，而且是对女性的摧残。但对于身处那种风俗习惯下的人们,这已成为他们不容置疑的信条。同样的道理,平时我们自以为'我的想法''我的观念',哪一个又真的是'我的想法''我的观念'呢?在我们每一个思维背后的观念、观点,其实都是群体思想意识和潜意识相互融通的产物,都是文化环境、风俗习惯的产物。我们习惯于执着这些观念为'我的',并以此为标准和模板,评判、评价、要求自己和他人。我们生活在文化习俗的影子里,套着文化的枷锁而不自知。我们被这些观念骗了,我们以为那就是我们自己,或者认为那是'我'的想法,其实我们完全错了。"

大家点头。

艾稚继续侃侃而谈:"文化习俗会成为集体无意识,在文化基因里自动沿袭、传播,成为家族、民族、一个国家乃至全人类的历史沉积,潜移默化、无处不在、无可抗拒地影响着每一个人。儿时,我们没有太多选择,只能在约定俗成的信息环境里通过其他人传递过来的信息,或相信,归类保存,赞同约定;或怀疑,反抗逃避、拒绝俗成;或反抗不成功,不得不改变自己以适应环境,向外部信条规则投降,接纳国法、家规,接纳群体组织的规则。哪里有自己的想法呢?所谓自己的想法不过是舶来品,我们还以假为真。我们被观念骗了,骗得毫无知觉。

"很多时候,为了得到父母、兄弟、姊妹、老师、领导和朋友的认同、奖赏,我们不断做着别人要我们做的事。由于害怕受到惩罚,或者害怕得不到奖赏,我们也会形成内在的自我约束,开始扮演另外一个人,而这只是为了取悦别人,只是为了让别人满意。我们活在为取悦他人而自编的条条框框里,开始量身定做不是自己的自己。我们取悦爸爸,我们取悦妈妈,我们取悦老师,我们取悦领导……我们就是这样开始演戏的。因为我们害怕被排斥,所以演戏,扮演了另外一个人。然后,对'被排斥'的恐惧变成了对害怕'做得不够好'的恐惧,最后,我们变成了另外一个人。我们角色错乱,变成了妈妈的信条、爸爸的信条、社会的信条、宗教的信条……各种信条的翻版。我们取悦老师的时候,是按照老师所喜欢的角色跟老师建立了约定;我们取悦领导,又按照领导喜欢的角色进行了约定。在接受自我教化的过程中,我们一点一点地丧失了自己的童真。但当我们稍稍长大、有一定理解力的时候,我们学会了说不。大人说,'不要做这个,不要做那个',我们就反叛,我们说'不!'我们反叛,是因为我们想捍卫自己的自由,我们想做回自己。但我们是那样的幼小,大人们却个个孔武有力。挣扎的结果就是挨打受骂,一段时间以后,我们就不太敢反叛了。因为我们知道,如果我们不听话,如果我们反叛,我们就会受到更大的惩罚。终于,在生命中的某一点,我们不再需要别人来调教。我们认为自己是个好孩子,不再需要学校、组织。这时,教化已经在我们脑子里深深地扎下了根,我们已经被调教得太乖了，形成条件反射了，成了一种自动化反应了，条件反射和自动化反应已经让我们无法自己改变自己了。我们成了自己的调教者，成了一只能自我调教的动物。我们开始用长辈传给自己的那套信条系统来调教自己，甚至如法炮制，如病毒般扩散到下一代。方法则仍然是奖和惩：自己违反信条系统里的规定时，我们就惩罚自己，自虐；他人违反自我信条系统里的规定时，我们就惩罚他人，虐他；当我们自己感觉力量卑微，惩罚不了他人的时候就以自虐的方式自欺欺人般地虐他；当我们自己表现得比较乖时，我们就奖赏自己。如此说来，人与马戏团的猴子又有多大的差别？一样是慢慢驯化的产物，我们比猴子高级的是，我们还可以自我调教。"

男人感叹道："群体性文化基因的东西形成的习惯是太强大了。即使过了很多年，当我们接触新的观念、试图做出自己新的决定时，我们都会发现，它们仍然在控制我们的生活。"

艾稚庆幸，在自己就要被僵化的教条、观念、条条框框限制住的时候，何其有幸遇到了老禅师，才有机缘深入地了解人生的真相，认识自我的梦境，不然虽然活着，却如同死了。

老禅师看大家陷入了沉思，继续追问："我们知道，人呢，最基本的是解决生存问题，解决了生存问题之后就要解决发展问题。关乎生存，是衣食住行，是保障物质体能的需要、供给和满足。而发展就是发展我们的心灵，直达我们的心灵。

心灵养生哪。解决了生存的困扰之后,就开始寻找自我的证明。

"那怎么样证明自己与他人不同呢?怎么样又才能证明自己活得有价值呢?你不是要证明嘛,要寻找自我嘛,要证明自我嘛。那拿什么来作为参照点?以什么作为比较物呢?"

大家一听,一想,都笑说,是啊,参照来,比较去,参照的终点不就在于比较吗?

老禅师:"很好,那比较的开始对象就有了什么啊?是不是就有了评判。

"所以,对于人这种群居动物来说,比来比去,比较几乎是所有不幸或者是所谓幸福的源头,你们想想看,从生到死,许多人是不是都活在比较中。比什么?比成绩,比学历,比升迁,比车房,比谁的关系更硬,比谁的对象更靓,比谁的孩子更有出息。实在没得比,年龄也是优势啊,那就比谁活得久。

"那为什么要比较呢?为什么要评判呢?你们想过没有啊?当然有作用力啊,作用力大咧。通过比较,很多人就有了缺失感,什么样的缺失啊?大家可以去想一想,问问自己。别人有房你没房,别人有车你没车。那么随后而来的是什么呢?累计的丧失感会产生莫名的忧伤。丧失爱,丧失关注,丧失关心,丧失关爱。自以为的丧失就会产生莫名的忧伤。

"那比较而来的缺失感就会产生自卑和忧郁。那这所谓的缺失,你真的需要吗?你真的非要它不可吗?你们问过自己吗?买辆桑塔纳,感觉还挺拉风,结果走在路上一看,全是宝马、奔驰,哇,一下子产生了自卑,一下子觉得自己什么都不是。一下子就觉得自己有缺失感了。一下子放大到自己技不如人啦,收入不如人啦,找个老公不如人啦,找个老婆不如人啦,等等,回来就开始忧郁了。

"缺失感产生孤独和抑郁。抑郁啊!再看一看,这个比较多好啊。起码照见出来的问题多明显啊。这是向内,因为莫名的忧伤只有自己知道,自卑和忧郁也只有自己知道,孤独和抑郁也只有自己知道,这个作用力是向内的,比较的作用力。

"那么向外的作用力是什么?向外比较,就有了评判。你看有些人,整天都在挑剔,整天都在责备,整天都在否定,那么他这个挑剔、责备、否定的标准是什么呢?自我设定。他自我设定一个标准,然后拿这个标准去评判他人。符合它的就是好的,不符合它的就挑剔一番、责备一番、否定一番,那么他这么做的目的是什么?就是通过挑剔、责备、否定,来掩盖自己的自卑。同时释放自卑外移的能量。所谓外移,就是投射出去的能量。看一看,比较的好处又有了,评判的力量又有了,为什么啊?隐藏压抑的感受被扭曲了。

"前面是问题,后面是感受。很多人最后忧伤,跟着问题走。自卑,忧郁,跟着问题走。孤独,抑郁,跟着问题走。不断地寻找这些问题如何解决。很少透过这个比较和评判的感受,来找到驱动这些比较和评判的念头。有没有被扭曲?这多可怕。

"这样多元化、全方位比较的结果是什么啊?是不是常常对未来产生莫名的恐惧?看起来是担心资产贬值啊,孩子教育啊,年老医疗啊,而本质上是什么啊?是恐惧未来自己活得不如别人。然后,内在的自卑又生怕成为被别人怜悯和嘲讽的弱者。

"所以,自己吓自己,将恐惧作为动力,你还能够看到自然的花开,还能够体会到人生的乐趣吗?如果你向下比的结果暂时还让你有些优势,让你有一些安慰,让你有一些慰藉,让你有一些温暖的话,那就再向上比比。那为什么那么多人总是要用成就来刷屏,向周围提示自己的存在呢?因为他们总在试图提醒别人看到他,关注他,尊重他,全然忘记了自己到底想成为一个什么样的人,要做一件什么样的事。"

艾稚听着听着,突然领悟到,自己和许多人一样,直到有一天,在自己玩命、搏命的事业、工作成就之余,会发现自然事物的美好和身心的健康不再。于是便开始想静下来,想慢下来,可是又忍受不住比较带来的刺激。于是一边学习,一边奔跑,总想弥补些什么,总想证明些什么,总以为下一站就是终点。真的到了下一站,往往又变成了新的起点,循环往复,疲于奔命,苦劳一生,也终究不知道学习的意义,不享受成长的果实,不得到生命的究竟,真的是可惜啊!陷在孤独伤感愤怒里面,全然不知道解决孤独的办法就是建立内心当中爱的联结,爱自己,爱他人,这样就不会孤独。

想到突然袭来的孤独,艾稚不禁动问:"我们为什么会孤独? 是不是因为我们根本就没有建立爱的联结呢?"

老禅师看了看大家,又看了看艾稚后,微闭上眼说:"我们还是要通过学习,来找见自己。那找见我们自己干什么? 难道就是为了比较、为了评判吗? 难道就是把在比较中癔症出的问题来影响自己吗? 难道是将评判当中那么多压抑的感受隐藏起来吗? 变成情绪上的向内攻击,变成疾病,来折磨我们的吗? 显然不是的,是不是显然不是?"

而此时的艾稚,早已经目瞪口呆。

第七章　神奇的全息系统观

看画也能知人？

一切事物的和合都在成住坏空的大周期内产生。

怎样才能看到一个人的心？

这日，罗总开车，邀请老禅师到朋友的画廊去赏画，艾稚从小就喜欢画，乐颠颠地跟着老禅师前往。

画商50多岁，五短身材，腰壮头圆，皮肤白皙，面有红光，旗下经营着几个国内获奖画家的作品。见面打过招呼，坐下喝茶，老禅师第一句就问，"老总最近折了财啊？"

画商一听，愣了一下，接着苦笑着说："是啊，最近亏了200多万呢。"

艾稚好奇老禅师怎么一眼就看得出来，其实这个画商气色不错。画商带着大家看画的过程中，艾稚更好奇了。

老禅师在看每一幅画的过程中，把画这幅画的画家的成长背景、性格特征、生活现状以及如何通过自我成长超越现在的画风都给画商讲了出来。画商连连点头称是。

比如说，有一幅画上画有两朵牡丹花、那朵小一些的花后边有一只蝴蝶，两朵花前有一只鸟。老禅师是这样解读的：画家有两个女人，一个年长的，一个年幼的，都舍不得放走，那只鸟警惕地盯着那朵小一些的花，生怕别人采去了。问画商是不是这么回事。画商说太对了，这个都能看出来。画商也和艾稚一样觉得老禅师太神了，以前自己从来没有这样欣赏过一幅画。

在一副字面前，老禅师问："这个画家是不是在现在的孩子之前失去过一个儿子？"

画商惊讶地问："是啊，我知道。这个都能看出来？"

老禅师说："在写这幅字的时候，作者也是受信息和能量导引的。"这个都能看出来，艾稚觉得太神奇了。

回到精舍，艾稚忍不住问老禅师："师父今天用的什么方法，一眼就看出画商亏了钱，又怎么能够解读那些画背后的画家，太神奇了！"

老禅师说："我为什么能知道，因为全息啊。"

艾稚恍然大悟,怪不得老禅师的精舍叫全息精舍。"全息,是什么意思?"艾稚忍不住问。

　　老禅师说:"全息用佛家的话来讲就是一即一切,一切即一。佛家看待世界的方式,即是一种全息观,千佛一如,万法一念,一真法界都是我。一切万法都是一个人一个念变现出来的,没有哪一个不是哪一个,没有哪一法不是哪一法。"

　　老禅师看到艾稚睁着眼睛一动不动地望着,知道她没有听懂,就将艾稚带到一面镜子前,问:"现在你是不是能看到完整的自己?"

　　艾稚回答:"是。"

　　老禅师:"如果你把这个穿衣镜分成两片呢?"

　　艾稚:"就可以看到两个完整的自己。"

　　老禅师:"那分成 3 片,4 片呢? 如果这个穿衣镜粉碎成 10 万片、10 万亿片呢? 是不是每个微片里面都可以看到一个完整的自己? 也就是说你可以化身万亿。"

　　艾稚:"是的。"

　　老禅师:"你见过全息图片吧,把图片撕碎,每一片是不是都可以看到全部?"

　　艾稚:"是的。"

　　老禅师:"现在,说一下你理解的全息。"

　　艾稚:"全息就是全部的信息呈现,整体中包含局部,局部中包含整体。就是整体所含信息与部分所含信息相同,每一部分都包含整体,就像镜子,就像全息照片,每一个片段、每一个碎片,都包含了整张图片的信息。"

老禅师补充说:"哪怕是一个粒子、一个电子,都携带了整个系统场的信息。"

艾稚说:"我理解,拿我们人来说,我们的每一个细胞都带有这个生命全部的遗传信息,在合适的条件下,任何一个细胞都可以克隆出一个完整的人。人也如同宇宙的一个细胞,带有宇宙的全部信息,任何一个人都能反映出宇宙的全部信息。"

老禅师继续说:"日常生活中,当你打开电脑接通网络,全球的信息是不是就根据你的索引、搜索出现在屏幕上?你不搜就表示不存在吗?不会!是否没有录入到电脑上就不存在?也不是!这是网络全息,都在那里,就看信息渠道是不是对称、对应。信息渠道对称对应,能量就能共通、共振。再比方说,关节炎患者会提前得到降雨的信息,许多动物能感应、感受、感知到地震的信息,这是地球的全息。还有一个就是太阳系全息,我们知道,月亮盈亏会引起海潮的变化,太阳黑子的变化直接影响到地球气候的变化,生命的节律。"

"信息是全息的,微小能反映整体,整体能看到微小。人与人相应,人与物相应,从一个人的外貌特征、衣着打扮、言行举止,可以知道他的人格特征,了解他生活在一种什么样的环境之下,处于一个什么样的社会环境之中,从他喜欢的东西、他的作品、他住的房子、他交往的人都能知道他处于一个什么样的境况,什么样的能量结构。前一段时间我通过一个弟子的QQ头像告诉他,他的右腿有问题,他说他家里人都不知道,师父怎么知道的?我说全息,人物相应。他说这个腿的问题折磨了他很多年了,他谁也没告诉,想不到被我知道了。"

"师父,那你是怎么看出来的呢?"艾稚问。

"我怎么知道的?就是运用全息感应到的。当我们空掉自己的心,就能做到人人相应、人物相应,就能还原本来。"

"那我怎么看不出来呢?"

"窍门已经告诉你了,8个字'观察、感应、对应、反应'。把自己当成一面镜子,以无我之心观察、感应、对应、反应。这个是需要修习的。"

老禅师的全息让艾稚耳目一新,原来自己习惯性回避,躲躲藏藏,从不与别人谈论自己,怕别人觉得自己不够好,只呈现自认为好的一面,在全息面前,自己却是透明的,什么也隐瞒不了。

老禅师继续讲:"依全息的观点,信息、能量、物质是构成宇宙的三大要素,称之为全息三要素。信息、能量与物质三者之间的关系是:信息是方向,支配能量与物质;物质包含信息与能量,反应信息和能量;能量起驱动作用,信息和物质的运动都依靠能量的驱动。"

艾稚不解,请老禅师解释解释。

老禅师打了个比方:"比如说你看见一段文字信息,上面全是侮辱人骂人的话,你身体马上就会不舒服,或者愤怒,这不就产生了负能量吗?负能量马上影响到身体,引起身体发抖,面目狰狞,双目怒睁,拳头打在桌子上,摔东西,这不就改变物质了吗?信息中的能量引起了你身体里负能量的共振,然后又造成了你身体的连锁反应,这不就是信息、能量、物质三者之间的化合么?又像我们手中的银联卡,那上面除了信息什么也没有,但我们可以在全世界刷卡买东西,因为卡里的信息代表了能量,只要你有足够的能量,甚至可以买下整个地球。但关键是要能够解码。这个例子是不是可以说明三者之间的关系?"

"嗯,那信息、能量、物质是怎样构成宇宙万物的?"

"虚空中的信息波不断地跟地面相同的波形进行能量匹配,能量匹配到一定的程度,当机缘成熟就能以物质的形式出现,信息与能量的调配,化变出各种植物、动物、各种物体,这样信息化能量,能量转物质,信息、能量、物质互联互通,互相组合与化变,形成大千世界。如信息携带的是人的物质信息,将来在能量的调配中就以人的形式出现。是动物的物质信息,将来在能量的调配中就以动物的形式出现。"

"信息是方向,信息支配物质和能量,那这个信息从哪里来呢?"艾稚问。

"这个问题问得好。"老禅师说,"信息的来源有两个:一是意念,人与人之间的交流有意念,其实物与物之间也有意念,只不过我们不了解,物通过波、脉冲等信号来源进行分类,交换信息。人与物之间同样通过意念波来交流。如果原来的物质与物质中的信息能量还没有释放完毕,跟新物质组合后依然残存有原来物质的信息能量,缘起时还会与原来的人事物发生一些联结,形成物与人的机缘,如一件衣服与你的心念相合,你就生起喜欢之情,想要拥有它。其本质是这个物里所携带的信息能量与你的心念相合。二是能量的组合。能量随着意念的产生而发生组合,组合又随物质的最终显示和变化产生世间万物、大千世界。"

"信息在人身上的体现就是你的念头。比如说,有人起了杀机,就有很大的负能量,像杀狗的人,狗看到就直往他身上扑,这个就是他身上留有狗的恐惧的信息。恶人到哪里人家都会避着他,为什么? 因为他身上透露出一种让人不安的气息,那就是信息。这个念头里面有能量,能量以波动的方式分散到空间,而且它自动地抓取跟它的能量波相同频率、相同能量的意念信息进行组合、融合,俗语说的'物以类聚、人以群分'，道理就在这里。这种融合在你是看不见摸不着的，实际上它们一旦匹配好之后，就会成为你现在和未来的现实生活，物质、能量和信息，一直在宇宙虚空场中按因果律和周期律转化，这便是'命由心造'的道理。这也是为什么说'修心在于护念、护念在于调心、调心在于转念、转念在于定心'的道理。还有啊，物质、信息、能量三者本来和合一体，是一不是三，三元素释放是三，聚合是一，分为三只是为了方便说法，帮助我们认识事物、认识世界而已。"

"那要如何观心护念呢？"

"这个不是一天两天能说得清楚的，我这里只给你介绍一种，你操练操练，看和你相不相应。"

"见性的首要功夫，应从观心入手。譬如伐木必须断根，灸病必须得穴。观心的方法，先要将一切万缘放下。善事恶事，过去未来，都不思量。直下内观自己当下心念，若见念头憧憧往来，生灭不停，切勿执着它，也勿追逐它，也勿着意遣除它，只管细细观看。妄念起时，一看即不知去向，但旋必又起，仍只是看，至念头不起时，仍只是看着，久久纯熟，看到一念不生，便证入空净之境。此观心之法，不拘时间，要行住坐卧，时时警惕，刻刻不离关照，方能成就。初学之人，每日至少要观照数十次，方可逐渐成熟。如自觉妄念纷飞，难以措手，就需借用静坐的方法。"

艾稚被这个全息三要素揭示宇宙人生真相的视角深深地迷住了。

　　老禅师见艾稚入迷，也兴致盎然，滔滔不绝："讲到信息、能量、物质，我们已经把万事万物以及生命放到宇宙这个大系统来看了。当然系统有大有小，宇宙是一个大系统，银河系、太阳系、地球都是一个系统，人类社会同样有各种大大小小的系统，国家、省份、地区等等，人自身也是一个系统，自身系统中又有小系统，如呼吸系统、消化系统、循环系统。人生活在自然社会系统之中，大到宇宙虚空、银河星系、太阳星系、地球家园，小到国家社会、家族家庭、群体个体，在系统中，任何事物都是相互关联、相互影响、相依相存的，不会孤立存在。人自身是一个生命系统，人又在天地宇宙的规律系统和社会的秩序之中。宇宙系统、自然系统、社会系统、人的系统中任一要素的变化，都会导致其他要素、自身系统、其他系统的改变甚至整体的改变。如中国的计划生育政策，独生子女政策或者鼓励生二胎，都必然带来社会系统、自然系统、家庭系统、自身系统的改变。

　　"所以我们观察人事物，不能脱离时间、空间的系统背景光看一个点，要从整体的角度去认识和把握世界。我们看一个国家，要站在地球上所有国家这个系统中来看，看地球，要站在太阳系这个系统中来看。看人，要把人纳入天、地、人这个大三元系统来看，当然天地人这三个要素被称为大三元，也只是一种善巧说。天，泛指地面以上的整个天空，以及人所观察得到和观察不到的宇宙空间。地，指人类和一切生命生存于其上的大地，是人类赖以存在的家园。人，则通过意念和情绪与这个系统进行交流，影响和创造着这个系统。天地人这个大三元系统，就是信息、能量、物质的综合场，是物质的信息显示与能量变化。在这个全息场中，信息、能量、物质是互联互通的，互相组合与化变，个体与全体，生命与生命之间所呈现的各种表象，看似孤立，实则与我们息息相关，包括我们的每一个心念，都会在全息场中瞬间同时得到呈现。所以讲，世界是大家的心愿和合所呈现的样子，大家的心念'组合统一成我们的集体现实'。同时要知道，系统里的物质无论大小，都是在信息导引、能量驱动下轮转的，人与人、人与物、物与物之间也是通过信息能量来进行联结的，人与自然是一个互相感应的有机整体。这就是全息系统观。"

"太妙了！这个全息系统观看待事物的视野好开阔、好宏大哦，有其大无外、其小无内之感，而且让我有一种宇宙万物合一的感觉。"艾稚津津有味地听着，感到新鲜、新奇和美味，口腔里、鼻腔里有小时候外婆家过年时煮的鲜肉汤的味道和香气。

最后，老禅师将这段时间提到的因果律、周期律、变化律以及今天讲到的系统观、全息观、全息三要素之间的和合变化来了一个串讲。

"万事万物,不论阴阳,都在和合中变化,在变化中和合,变来变去,都有规律,都有周期,人有生老病死,物有成住坏灭。一切事物的和合都在成住坏空的大周期内产生,周期中有定数和变数,定数和周期间有变数,定数和变数不脱离周期,从周期间也可以看定数和变数。定数不能改变,变数因缘而变,阶段周期与整体周期的长短因为变数的存在而拉长或缩短,过程的快乐与痛苦因为因缘的聚合而各异。这个阴阳周期,如果阴时不养阴耗阳,阳时不养阳耗阴,如很多人晚上不睡觉,实质上耗的是阳气,白天不养阳,耗阴,不与天地同步,不与规律同步,久而久之,阴阳失调,人阳气不足,病毒乘虚而入,身体就会出现各种疾病,人的心理上也是如此。"

艾稚问:"为什么有的人就不能容忍呢?"

老禅师:"有的人心太小,小到只能容下他自己。"

艾稚又问:"为什么有的人迷失了自己的心灵?"

老禅师:"因为有的人心太大,欲望太大,无边的欲望让他们迷失了人生的方向。"

艾稚再问:"怎样才能看到一个人的心?"

老禅师:"大家在纸上画,画几杆摇曳的竹子,几朵飘逸的云彩,一湖荡漾的水波,我把这三个意象,组合成一幅画,画的是什么呢？大家想一想,我在画什么？摇曳的竹子,飘逸的云彩,荡漾的湖水,画的是什么呢？我想表达什么呢？大家说。"

罗总看了看艾稚:"风啊！是不是风?"艾稚附和着点了点头。

老禅师:"大家说是风吧！风无形啊,你是怎么看到画上画的是风呢？那如果说是风,那我就问你,你说是动态的,那是不是被风吹的呢！没有风,它怎么能显动态呢？他自己会动吗？湖水自己会动吗？云自己会动吗？竹子自己会动吗？

"好了,我们说是风动,但是这个风无形,你怎么能看这个画上是风呢？风无形,但是这个物有形,竹子、云彩、湖水有形,通过这些有形物体的移动,我们便能看到了风。

"想想看,一个人的心,有念头,我们捕捉不到,但同样的,一个人的言谈举止是不是有形啊？我现在的讲话声音,是不是有声波啊？有脉动,有音频,有频率啊？我们看到一个人的举止,是不是有形了？我们看到一个人的言行举止,能看到一个人的心呢？能看到一个人的内心世界,是不是通过有形能观到无形?

"有些人看到了湖水,没看到风,看到了云彩,没看到风,看到了摇曳的竹子,他也没有看到风,这就是着在相上。

"我们如何有效的更新不入法的知见呢？我们的知见有很多不是准确的。比如说,我们看到一个人哭,就去安慰他。

如果我们看到他哭的背后是焦虑,是哀伤,是释放呢?我们对应的方法就不一样啊。这就是准确的无我照见。当你照见他内在的体,那么你去跟他对话的时候就能轻而易举的进入他的频道,进行共振。

"我们经常讲,这个人形而上学,怎么怎么地。比如用'孤立,静止,片面'的形而上学观点去摸象一定是徒劳无功,只有使用'全面,发展,联系'的中道平衡观,才能搞清大象的样子。可是,如果他连象都不摸,只是道听途说来的,'哎呀,我听谁谁说了,那个人我可信了,他说是圆的,那我信。'他自己都没去摸。怎么个'全面,发展,联系呢?'"

艾稚忽想到一点,既然一个人不能摸完整个大象,在月球上取一点样品不能说月球就是那样。可是老禅师还说全息,还说见微知著,以小见大,我们不一定要眼见为实,因为缘起性空,我们可以修炼到一叶知秋,无论修炼多久。那月球的样品在物质层面上,是不是也可以全息?或者说,如何全息?

老禅师似乎知道了艾稚的心思:"缘起性空,后面不要忘记了,因缘和合。你取一个尘土来也要把尘土跟所有的环境进行联结啊,为什么福尔摩斯可以从鞋子上的泥土判定肇事者来自于哪里呢?甚至他所用的凶器是哪里制造的,他都能找到这个店家,这个钢铁在哪里有,是不是因缘聚合?全息的概念不是片面的、静止的、孤立的。全息的概念是联系的、发展的、全面的。一即多,多即一,一珠现万珠之影,万珠含一珠之中。你取了月亮的样品就必须和月亮所在的很多东西进行关联,如果只是围绕尘土,就已经割裂了与月亮的联系,有没有道理?"

艾稚:"师父说的是不是因+缘=果,缺一不可,这里面有很多相互对应的关系,也有周期和变数,各种组合可以千变万化,世界上的一切看似分离,其实本质都是相互关联的。最终形成的果,就是我们所看到的那个表象。背后是由因缘构成的,那么因缘又从何而来?师父讲过,万法唯心造,心就是念,念动波动,波动场动。而在全息虚空场中有三大要素:信息、能量、物质。这三者之间既是相互构成又是相互转化,而心在这个转化的过程里非常重要。可是心又从哪里来?我们的无明是不是就在于我们找不到因的来源?"

老禅师闭上了眼,不再说话。

就是这样,老禅师这一番话,足以让艾稚惊叹,世上还有这种法理,与她尘世的名利权利似乎毫不相干、但远远高出那些名利权利的法理,在这些法理面前,艾稚觉得那些名利权情是那些渺小、那么不值一提。自己和教授的意念波早已没有对流、阴阳能量早就没有交融、和合,何苦还要捆绑在一起?放他人生,就是放自己生啊,分开多好,各自自在。

现在,艾稚有了新的感兴趣的东西要消化,前一阵子的不如意似乎遥远起来。如果不是那些事情，她怎么会到全息精舍来，听到这么高妙的法理呢？她怎么能够耐心听得下去、听得进去呢？塞翁失马，焉知非福啊。艾稚的脸上，出现了久违的笑容。

第八章　人在该走的时候都会走

老禅师今天怎么不在?

三天前的那个老禅师与今天的还是一个老禅师吗?

人老心不老。

第二日,艾稚一大早就起床瞄老禅师的行踪,准备等老禅师一有空,就去听他谈禅论道。但直到午斋时间,老禅师依然没有出现。

艾稚忍不住问护持居士,老禅师今天怎么不在?

护持居士告诉她:老禅师一早就出门了,估计是上山去了。

艾稚又问老禅师什么时候回来?护持居士说不知道。

以前呢,老禅师有出去过三两天的,也有出去十天半月的。艾稚顿时好失望。老禅师出门,都不说一声,如果艾稚知道,一定会缠着和老禅师一起去云游的。

　　艾稚失落地坐着,突然想起自己已经好久没有与母亲联系了,也不知道老人家和妹妹过得怎样? 母亲一直和妹妹住,帮她带孩子。艾稚拿出手机,从来到全息精舍艾稚就没有拿出来过,开机,居然还有一半的电量。有很多关机后未接电话的回话通知,短信也不少。艾稚不去管它们。拨通妈妈的电话,妈妈正在做中饭,放学回家吃中饭的外甥女在旁边抢着接电话。外甥女说大姨我们都很想你,外婆和妈妈都很担心你,你要照顾好自己。妈妈接过电话,聊了些家常,也聊到爸爸。每次说到爸爸,妈妈都会流眼泪,这次还好,妈妈没有哭。给妈妈打完电话,艾稚忍不住要拨老禅师的电话,但是电话接不通,关机了,艾稚焦躁地过一阵又拨一下,但是老禅师的手机一直处于关机状态。

　　一连过去了三天,老禅师还是没有回来,艾稚打电话,电话始终接不通。艾稚开始惶惶不安起来。艾稚拿着手机坐在禅堂里发呆,心中压抑着被抛弃的郁闷和愤怒。突然,艾稚的手机响了,是短信:"你是艾稚吗? 请到牧歌山守山人茅庐来一趟。"艾稚找到护持居士,问好路,说自己出去一趟,便冲出精舍,一路小跑着往守山人茅庐去。艾稚找到守山人茅庐,一个胡子拉碴的汉子正在那里砍柴,见到艾稚,一点也不惊讶。艾稚问守山人:"你知道老禅师在哪里吗?"守山人告诉她,自己三天前见过老禅师,老禅师说时辰到了,还一副很舍不得的样子。"时辰到了是什么意思?"艾稚不解。守山人不屑地回答:"你看起来像文化人,连时辰到了都听不懂吗?"艾稚不说话。"你去看,就在山崖边那块大岩石上,老禅师坐化了,这下你懂了吧。"守山人有些不耐烦。"我不信。"艾稚什么也没想,本能地脱口而出。"不信。不信你去找驼子,是他点的火。"守山人带着艾稚去找驼子。驼子一把鼻涕一把泪地说,老禅师这么好的人,怎么说走就走了呢? 说着说着就号啕大哭起来。艾稚也眼泪俱下,和那个人一起大哭。老禅师怎么可以就这样离开了呢? 怎么可以这样毫无征兆地就去了呢? 艾稚要怎么办? 今后有话和谁说? 老禅师不在了,她到哪里寻这样僻静的去处? 她的归宿在哪里? 她可以依靠谁?

艾稚发现,老禅师的突然离开,让她再次经受了父亲突然离开的痛,那一次,她要压抑自己的情感,做一个强者,这一次,在这两个乡野男人面前,她毫无顾忌地号啕大哭,她不需要掩饰自己的伤心和弱小无助,她失去父亲的痛,失去依恋和支撑的痛,让她的眼泪像开了闸的洪水,滔滔一泻千里。那两个男人没见过这么凶猛的哭法,也陪着一起哭。这三重哭,这奇特的男女三重哭,回响在牧歌山的林影烟霞中。艾稚一直哭,这两个男人就一直陪哭,也不劝解,等到艾稚哭得不想哭了,三个人就默默地一齐下山。

等到艾稚空落落地走到精舍大门口,已经日落西山了。这时,她惊讶地发现,老禅师像她第一天来到全息精舍一样,站在台阶上笑眯眯地望着他。艾稚揉揉眼睛,"我没有看错吧?""这不是幻觉吧?""这是真的吗?"艾稚掐掐自己的脸,是痛的,说明艾稚是活着的,但老禅师是自心所变现吗? 老禅师那诡异的笑容,分明是老禅师和自己开了个玩笑。艾稚想,一定是老禅师为了让自己释放出失去父亲的痛,和那两个男人一起演出了一场阴谋,老禅师的阴谋,慈悲的阴谋。艾稚似乎回到了老禅师第一次用幻相整合法与自己对话的场景。

"他人并不因你不接纳而决定生或者决定死,对吗?"

"是的。"

"人对他人的死亡的不接受实际是对自己的某些东西不接纳,是吗?"

"是的。"

"我们可以表现自己的软弱,是吗?"

"是的。"

"生死无常,人在该走的时候都会走,是吗?"

"是的。"

"父亲有他自己的地方,他会去他自己的地方,对吗?"

"是的。"

"父亲的离开,只是他的时辰到了,是吗?"

"是的。"

"你再怎么伤心、难过,都已经跟父亲没有关系了,是吗?"

"是的。"

"对于死亡的解读,我们只是停留在自己的见闻觉知上,与他人无关。是吗?"

"是的。"

艾稚眼前晃过这样的场景:爸爸过生日那天,艾稚给爸爸买了一件高档 T 恤,爸爸说,我衣服多了去了,也穿不完,以后就不要花钱买什么礼物啦。艾稚听到爸爸这么说,只当是客气,说,那怎么行,我最爱的老爸当然得配上最好的衣服。还有,在父亲走之前大约一个月左右吧,妹妹曾给她打电话,说爸爸好奇怪,把自己的银行卡和密码什么的都交给了妈妈,说万一怎么怎么的,妈妈还呸呸地骂他乱说话,不肯收。妹妹还说,爸爸种了几年的一棵铁树,居然死了,爸爸很喜欢铁树,你哪天有空给爸再买一棵回来。艾稚一直忙,一直没去办这事。原来爸爸的灵识对自己的生死早有预知,原来真的只是爸爸的时辰到了。爸爸的离开其实早有征兆,信息早就有了,物坏人也坏,人物是相应的,只是我们不懂得全息之理、不懂得解读罢了。

又有声音在问:"你们三个人那么哭,是哭老禅师还是哭自己啊?"

艾稚说:"舍不得老禅师。"

"那哭老禅师的什么呢?"

哭什么呢?艾稚回想当时心中的念头,自己是哭老禅师吗?应该也为老禅师哭,艾稚真的舍不得老禅师离开。艾稚也为自己哭,老禅师走了,她要到哪里去,她可以依靠谁,这像父亲一样的老禅师。然后艾稚也为父亲哭。爸爸,你怎么能够就这样抛下我们不管呢?

"哭父亲的时候又哭的什么呢?"

艾稚不好意思地说:"哭父亲英年早逝,哭这世上少了一个疼自己、爱自己的人,哭爸爸的突然离开让自己少了依靠,今后谁来为自己遮风挡雨。还有一些没有及时尽孝的遗憾。"

那个声音不依不饶:"那我们到底是为谁哭呢?"

艾稚嘟哝着重复:"为谁呢?"

那个声音又问:"人死就永远见不到了吗?"

艾稚继续重复:"人死就永远见不到了吗?"

那个声音继续说:"其实我们每时每刻都在生死,人体细胞大约每 7 年全部更新一次,红细胞、白细胞每十天更换一次,胰脏、胃黏膜上层细胞每隔两三天几乎要全部更新一次,脑中的蛋白质不到一个月就更新一次,肝脏细胞每 16 天要全部更新一次,毛发、指甲六个月换新一次。每时每刻我们都在变化,每时每刻我们都在生死。你说,三天前的那个老禅师死了吗?"

艾稚仍然嘟哝着:"老禅师真的死了吗?"

"三天前的那个老禅师与今天的还是同一个老禅师吗?是也不是,不是也是。"

艾稚似懂非懂,心想,难道老禅师真的会不生不死之术吗?

"一根木炭被点燃了,发出了热量和光芒,木炭在为自己辉煌的一生而炫耀,可是它不知道它曾经作为木材存在过一生。同样的,那根木材在被烧制成木炭的过程中,它只看到自己从辉煌到湮灭的过程,却不知道自己的将来还有一个爆发燃烧的过程。而且木材也还不知道自己曾经作为一株苍天大树存在过。以此类推下去,树木并不知道自己曾经作为种子存在过,种子并不知道自己曾经是另外树木生存过程中的结晶。人生同样如此,只是换个马甲再来而已。"

那个声音继续引导艾稚思考:"你坐在这里听我说话,能不能把家里的沙发想起来?"

"能啊。"

"那你能否坐到沙发上去?"

"不能。"

"心可以突破空间的束缚，但肉体不能，是不是？这是不是说明心跟肉体有相对独立性，可以分，也可以合？"

"是的。"

"既然身不能随念突破空间的束缚，那么当肉身灭亡的时候，心会不会随着它灭亡呢？"

"应该不会。"

"过去几十年你有一些难以忘怀的事情吧？好事、坏事，你能够想得起来吧，有的很欢喜，有的很气愤，是不是？但肉身能跑到几十年前去吗？"

"不能。"

"可见心可以突破时间的束缚，肉身不能突破时间的束缚。那你还认为心会随着肉身的消亡而消亡吗？"

"不会。身体会老去，但心不会老去。所谓人老心不老。"

那个声音是那么慈祥与和气，艾稚这下完全听懂了。如果用全息三要素解读这个问题，艾稚想："信息是导引，为能量指引方向，而能量是守恒的，能量不会消逝，只会变化存在的形式。信息化能量，能量转物质，所以会有千变万化的物质呈现，物亦然、人类同，我们都是永恒的存在，只不过不断变化存在的形式而已。"

第九章　内求无忧

一个人总是能够满足别人的期望吗？

一个人总是能够满足自己设想的别人的期望吗？

人生最大的智慧和成就是什么？

艾稚发现自己做了一个关于接受死亡和认识死亡的真相的梦，太神奇了，这令她在这个问题上不再纠结。

精舍的日子让艾稚觉得惬意。将红尘摆一边，每日谈经论道，跟着老禅师看似无所事事地闲谈闲逛，艾稚的心慢慢清澈起来。她感到，自己与一个更大的场建立了联结，这种联结，让她的心变大了，变安静了，烦恼变淡了。

日子就这样流淌着，当有客人来到精舍，就是艾稚对镜的好时机,老禅师和艾稚都不会放过这样的机会。

有时,老禅师也会老调重弹,检验艾稚到底领悟了多少。

一日,老禅师问艾稚:"在红尘中,你有过自以为是的成功,就像现在你有自以为是的失败。这个成功和失败的观念是哪里来的呢? 是你天生就有的吗?"

"不是。这些观念来自社会文化习俗、来自父母长辈、来自书本电视网络、来自他人,然后我们就把这些观念当成自己的了,并用这些观念来要求自己、评判自己。"

"一个人总是能够满足别人的期望吗? 一个人总是能够满足自己设想的别人的期望吗?"

"不能。当我与标准比较的时候,我发现自己总是不够好的。但为了得到父母、亲人、朋友的认同,我不断做着别人要我做的事。由于害怕受到惩罚,或者害怕得不到奖赏,我会形成内在的自我约束,开始扮演另外一个人,而这只是为了取悦别人,只是为了让别人满意。我活在为取悦他人而自编的条条框框里,开始做不是自己的自己。因为害怕被排斥,我取悦爸妈以及亲朋好友,取悦教授以及他的家人,取悦儿子……我就是这样演着戏,扮演了另外一个人,那个不是自己的自己。"

"向外求注定是会失败的。"老禅师说,"我们总是在外界寻求依恋的对象,或者是人,或者是物,向外求爱、求认同,然而所有外在的寻找都注定会失败,依恋人,人会变,依恋物,物会坏,一切都是无常的,靠墙墙要倒,靠风风要跑,有什么是靠得住的呢？父母会先我们而去,儿孙会有自己的家,夫妻的情感会变,没有人能够满足我们所有的需求,所以我们注定痛苦。"

艾稚问:"师父,那我们要怎么办呢？"

"改变方向,将向外求转为向内求。"老禅师坚定地说。

"我们有一个外在的世界,同样还存在一个内在的世界。外在的物质世界再好再迷人,也只是暂时的、过渡性的东西,生不带来,死不带去。人们习惯在别人身上找寻自己的意义,所以当别人心情不好时,你也陷入低潮。如果别人觉得你不对,你便开始自我防卫。其实人我的攻防根本无碍你的本质,本质的你就是完整而有价值的,不管你是穷或富,年轻或年老,无论在生命的起点或尽头,正意气风发或陷入绝望的深渊,你都不会受外在环境的局限。你不等于你的疾病或你的职业,你只是你自己。我们不要被那些疾病或者职业把我们自己框住了,阻碍住了,那只是你谋生的一个手段而已,一个工具而已。"

"师父,那我的本质是什么呢？"

老禅师不接话,继续说:"一般的情况是,当你碰到事事顺利的日子,便觉得自己是很不错的人,碰到不顺的日子,便觉得自己一文不值。于是你顺着外在的情势、念头起起伏伏。

你为什么有那些念头,无外乎是你身上的众多身份需要认同。抛开所有身份认同的幻相,抛开这些认同,你才能发掘真正的自我与自我的光辉。"

"师父,我理解您所说的幻相,就是指我们头脑里的观念,我们用自己的观念看待外在的世界,每个人所看到的世界都不同,因为每个人所看到的都只是自己头脑里的世界,本质上是无有外人外事外物的。我曾经看到这样一句话:外面没有别人,只有自己。我当时就想该是这个意思。师父是这样吗?"

老禅师微笑着问:"你说呢?"

艾稚笑着回答:"依我现在的程度,可以这样理解。"

老禅师也笑了,继续说:"人生的真相是:当一个人的心跟随欲念在转时,就一定会若有所失。这些欲念,往往是社会的标准、父母师长的期盼,并不是我们自己真正的需要。在欲望之中,我们会永不知足,我们就会有分别、有比较。心随欲望而不能满足,就一再追求着欲望,一再不能满足,于是产生痛苦与烦恼。但是即使实现了欲望的目标,另外的问题又会开始,我们又会升起更大的欲望。所以,当心在欲念中转动时,就总是找不到满足,总会有某些失落感,永远不能真正快乐。

"跟训练身体一样,如果我们训练我们的心灵,我们的心灵也会得到好处。实际上这样做的好处更大,它会变得更坚强、更健康,变得更有技巧、更能够忍耐、更慈悲、更有了解的能力。最重要的是,你更能够去感谢、接受和享受一些对你好的情况,也更能忍受或接受一些不愉快的事情。让自己的内心越来越强大,这才是人生真正的财富,这才是财富的秘密。外在的一切最终都不是你的,一口气上不来,你什么都带不走,只有业力是你的,一直跟随你,生生世世。就像手机关机了,好多信息没收到,可一旦开机,信息就会噼噼啪啪前来。

"人生最大的智慧和成就不是弄清世界,而是找到真正的自己;最大的财富不是赚来金钱,而是赚回生命的价值和喜悦。当生命回归了,一切外在的财富、名誉都将无法拒绝地追随和归属。在全息世界里,你认识了自己,也就认识了世界、认识了他人,当你的心强大了,困难、痛苦、烦恼就小了。世界还是那个世界,你看待世界的心胸、眼光不同了,世界就会呈现不同的样子。"

第十章　约法五章

利己,就是清静自己的身语意。

利人就是要有一颗慈悲心,放下知见和评判。

慈予人以乐,悲拔人以苦。

对于发掘内在的财富,艾稚跃跃欲试,那个本真的我到底是什么样子呢?是老子所说的赤子之心吗?艾稚试探性地对老禅师说:"你可以收我为徒么?我想要找到真正的自己。"

老禅师笑着问:"你知道师父的法门么?"

艾稚说:"我觉得师父的法门是禅宗,但师父说的话并不像过去的祖师大德那么深奥难懂。"艾稚还觉得这个老禅师比较话多,但艾稚不敢说出来,也许时间长了,自己能体会到老禅师话里的慈悲。

老禅师笑着问："你对禅宗了解多少？"

艾稚说："我喜欢《金刚经》，六祖慧能听闻一句'应无所住而生其心'就开启了自性的智慧，是我最羡慕的。我还读过《维摩诘经》，对维摩诘居士的智慧佩服得五体投地。当时还想，要是此生能遇到维摩诘居士，一定拜他为师。我还知道中国禅宗的祖师爷是达摩……"

老禅师说："禅宗不立文字，以心传心，以心印心，是无上的心地法门。师父终身研习心法，并致力于将之用现代人易懂好懂的语言表达出来，姑且安名为全息心学，被喻为现代社会的禅宗。这是一个直指人心、明心见性的法门。这条路并不容易走，你若要跟随修习，会有很多考验等着你，你可愿意？"

"我愿意。"

老禅师说："我们需先约法五章，看你做得到否？全息心学修习之道，是一条从山脚直达山顶的道路，你必须放下你的知见和评判，把自己放空了来跟随，以免浪费师父的能量。弟子若不上道，无论师父传授什么，都是白费功夫、空耗能量。你必须依教奉行。"

艾稚："第一条，放下知见和评判，依教奉行。"

老禅师继续说："心理的建设，必须坚持两眼向内，诚实地面对自己,凡事往自己的心念上找原因,须臾不可外求,这是第二条。第三条是,必须依靠自身。解铃还须系铃人,解决自身的烦恼与痛苦必须依凭自己的力量,不要想有人可依赖、可依附。师父可以为你指方向,但师父代替不了你走。第四,就像罗马不是一日建成的,将心训练得智慧、平静而有力量,也不是件容易的事,需要持之以恒,需要时时在日常生活中炼心,历事练心,不管遇到什么,你都能坚持下去,把修心当作一生最最重要的事业么?"

艾稚:"我能。"

老禅师:"还有,修心需要秉持一颗利人利己的初心。慢慢地,你需要发起一颗利益众生的大心,全心全意为众生服务。利己,就是清静自己的身语意,利人就是要有一颗慈悲心,予人以乐,拔人以苦。这是第五条,汝今能持否?"

艾稚:"能持。"

老禅师:"红尘炼心,只有将炼心的过程融入日常生活中,才能真正达到理事圆融,因此我们需要和世界对镜、和大德对镜、和他人对镜,在对镜中实现对他人的觉察、自我的觉察,实现智慧的碰撞和交融,提高内观、转念的功夫,你愿意否?"

艾稚并不知道老禅师葫芦里卖的什么药,不管怎样,依教奉行,先一股脑地应承下来。

老禅师说:"要练成事理通达,知行合一,说容易也容易,说不容易也不容易。师父要你明天就打点行装,用一个月的时间参访禅宗祖庭,回来跟师父汇报心得,到那时师父再为你举行拜师仪式,如何?"

艾稚没想到老禅师要她一人独自去参访禅宗祖庭,虽然一百个不乐意,但才说了要拜师,要依教奉行,也只能照做。艾稚心底里是想每天跟着、守着老禅师,每日听他谈禅论道的。

第二天,艾稚磨磨蹭蹭整理行装,期待中间有变数发生。说不定老禅师一念起,觉得艾稚一个人出去不安全,让艾稚找个伴,再等上一段时间也未可知。

上午,精舍里来了一个年轻姑娘,跟母亲吵架了,心中郁闷,来找老禅师。姑娘的父母在她两岁多就离婚了,姑娘由母亲抚养成人,30岁了还未找男朋友,母亲天天在耳边唠叨催促,但对于姑娘找的男朋友又没一个满意的。昨天姑娘的姑妈给姑娘介绍了一个男孩子,从条件上来讲还满般配,姑娘答应见面,姑妈都已经安排好了。结果母亲一听说是姑妈介绍的,立马反对,说不能去见,还不让姑娘出门。姑娘很郁闷,今天就跑到老禅师这里来了。

老禅师问艾稚,"你觉得她母亲为什么不让她去?"

艾稚分析:"姑妈是爸爸的姐姐,母亲对爸爸不满,于是也对爸爸家的人不满,说不定当年姑妈与母亲还有过什么过节也未可知。自己不信任的人介绍的人,母亲当然信不过。"

姑娘点头,说以前是看到妈妈和姑妈吵过架。

艾稚继续分析:"母亲独自一人将女儿拉扯大,骨子里不希望女儿离开自己。一方面,她希望女儿按照普通人的人生节奏结婚生子,另一方面,又要将女儿留在身边,她害怕被女儿抛弃。这就是母亲内在的矛盾和冲突。"

老禅师问姑娘:"是这样吗?"

姑娘说:"我没往这个角度想过。"

"那你认为姑娘为什么会这样?"老禅师问艾稚。

艾稚说:"姑娘同样很依恋母亲,也舍不得离开母亲。她也不愿违背母亲的心意,所以一直拖到现在。"

老禅师说:"那你有没有发现,有什么样的心念,就会结下什么果实。"

艾稚点头:"嗯。还有啊,姑娘因为父母离异带来的伤害,可能对结婚也心存疑虑和恐惧。可能觉得跟妈妈一起过也挺好的。"

老禅师说:"那我们要证实啊。"

艾稚望着姑娘,姑娘点头称是。

老禅师问:"还有吗?"

艾稚说我暂时想不到了。老禅师说:"有没有这样一个视角,由于父亲的缺位,姑娘从小将自己塑造成了父亲,代替父亲的位置保护妈妈，因此她和妈妈的关系其实已经不是母女关系了，而成了'夫妻'关系。"

艾稚豁然开朗："角色错位、关系错配才是问题的根本。所以要调整，就需要让角色归位，母亲做母亲，女儿做女儿。"

听着老禅师和艾稚一问一答，姑娘也豁然开朗。

姑娘走后，老禅师叮嘱艾稚，认识问题、解决问题，重要的就是要见体，你此行定会遇到很多人与事，要训练自己透过现象看本质的能力，也就是见体的功夫，不要被他人的言语、外相带跑了。'体相用'是佛家认识事物的一种有效的方法，能够帮助你认识自然、认识事物的本来面目，回归我们的本性。师父今天给你讲讲。"

"好啊。"艾稚乐颠颠地回答。只要老禅师讲法，艾稚都很开心。

"从佛家思想来讲，万事万物，均可从'体''相''用'三个角度来分析。'体'即本体、本质、真相，是事物的本来面目，往往是看不见的，体往往是背后的那个心念；'相'即现象、表象，是事物的外在表现形式，是可观察到的；'用'即作用或者说结果。事物的'用'随外相而改变，相不同，作用也不同。比如水，有液体的水、固体的冰、气体的蒸汽，外相不一样，性质和作用也就不一样，水可流动，冰可冷冻食物，蒸汽可推动发动机，但本质都一样。又比如金子做成了项链、手镯和碗，分别用来装饰脖子、美化手、盛东西,其外相不同,作用也不同,但金这个本体从未曾变过。"

"你现在分析分析刚才那对母女的体。"

"这对母女的体是双方都不想和对方分开,所以呈现出为女儿找男朋友而意见不一致的相,结果就是女儿 30 岁还未嫁出去的结果。"

"不错。你此行的一个功课就是,对于遇到的人、事、物,都要尽量透过现象看本质,善用体、相、用去分析,不要被他人的表象牵走了。记住了吗?"

"记住了。"

老禅师又补充道:"这其中要注意的是,一切都是变化的,相不是一成不变的,用或者说结果也不是一成不变的,体也是变化的。当体或者说想法、心念变了,或者体经由各种外缘条件的变化而改变状态了,会化变出各种不同的外相,事物的'用'或者说结果也会随之发生变化。难就难在这里,所以师父给你带上的第二个工具就是 8 个字:观察、感受、对应、反应。遇到人、事物,你得先仔细观察,观察事物的细节、观察事物所处的系统,观察事物本来的样子,在观察中你要放下自我的观念、评判,用无我之心去感受,然后将自己的观察、感受和事物去进行对应,当下对应,做出合适的反应。当然观察、感受、对应、反应并不是明显的会分为 4 个步骤,而是瞬间同时发生,一气呵成的,是一不是四。"

老禅师交代完,慢慢喝茶,艾稚则慢慢回味老禅师讲的体、相、用。

老禅师一边喝茶,一边漫不经心地问:"你怎么看待师父要你单独出行的体?"

"师父当然是要锻炼弟子、考验弟子啰。一是看弟子是否真的能依教奉行。二是师父说了要担当。师父领进门,修行靠个人,师父这段时间已经把世间法中的基本规律跟弟子讲了,弟子必须对境历事炼心,不能依赖师父。三是参学的过程既开眼界,也能增加对禅宗的理解,师父也正好考察考察弟子是否是学全息心学的那块料。"艾稚按照老禅师的要求,凡事至少说出三个观点,只是这时艾稚并不知道这就是佛法中旋陀罗尼的智慧,举一反三,会多向一。

老禅师补充道:"参访禅宗祖庭,让你的能量场与祖师的能量场联通,对于学习全息心学也是很有帮助的。一切都在信息的导引下、能量的推动下发生,人肉眼可见的不到30%,暗物质对人无形的影响更是强大。不是你看到的就是有,你看不到的就是无。通过走访,你会更加理解眼睛看不到的信息、能量对人无形的影响。说不定,你还能找到过去世的记忆。"

最后老禅师交给艾稚一本装订齐整的旧手稿,手稿的有些页面已经用胶带纸补过,老禅师交代说:"这是师父心学方法论的手稿,你带在身边,就如同有师父陪着你。也方便你与祖师对镜。"老禅师提醒道,"心学修行最重要的就是念头功夫,观心护念是你首要参学和实修的,记得训练自己时时提起这个关照。"

艾稚接过书,顿时觉得有了信心和力量。和来时相比,艾稚已经充足了电,好像换了一个人,她精神抖擞地、坚定地走上成长的路。

第十一章　寻访祖师的足迹

"修心在于护念"。

无念是不是就见真心呢？

什么是善？什么是恶？

坐上发往少林寺的专线大巴，艾稚很兴奋。小时候看《少林寺》的电影，她就一直很向往这个"禅宗祖庭，天下第一名刹"，还有那名闻天下的少林功夫、少林僧，更是给过少女时代的艾稚无限的遐想。这次到了少林寺，才发现电影里的少林寺显得够大，而真正的少林寺要比电影里的小多了。就像家乡的溪流，小时候见着够大够宽，外出读书十年，再回故乡，却发现那水流是那么小。心大了，外物就小了。

拜过大殿,看过塔林,艾稚爬上少室山五乳峰上的达摩洞。游人不多,却也来来往往,小小的洞,游人多是转一圈就出来,艾稚转一圈出来又进去,在洞内摩挲着石壁不肯离去。艾稚遥想祖师当年,结跏趺坐,面壁九年,不动如如,连石壁上都印下了他面壁的影像。而二祖呢,为求无上妙道,一跪经年,锲而不舍,在那个大雪纷飞的夜里,立雪断臂,终至明心。

艾稚想体验如祖师般面壁,才动念,就听到守护达摩洞的女尼对她说话:"想坐就坐会儿吧。"艾稚欣喜地坐下,她努力地让自己坐得有模有样,结跏趺坐,两眼微垂、两手结金刚印,静心感受祖师的气息……那一瞬间,外面没有别人,只有静,寂静,艾稚似乎听到了祖师的心跳。祖师还在,只履西归的祖师无处不在。女尼指引着艾稚触摸石壁上二祖的断臂遗迹。那只断臂,好凉好冷,这是什么样的法,需要断臂来求? 如今,这法,亦让艾稚着迷。

从达摩洞下来,艾稚去了号称天地之中的中岳庙。这个庙够大够气派,这是一座道教建筑,是历代皇帝祭祀中岳嵩山山神的地方。大庙里游人屈指可数,可见中国本土的道教在中原大地的衰落。因为庙够大,天气也够热,艾稚逛到最后一进,已经口干舌燥了。这时她看到神龛上供奉的西瓜,在她转身准备出大殿时,起了想吃西瓜的一念。这时,守护大殿的道长说话了:"西瓜是可以请下来吃的。"艾稚惊讶地回头,看着道长,道长冲她点头微笑。艾稚虔诚礼敬后,小心翼翼地拿起西瓜,那一块西瓜足有两斤重,艾稚边走边吃边笑,今日真是奇了,真是奇了!这里的道长和达摩洞的女尼难道都有他心通?修心在于护念,在高人面前,真是不能动念啊。

　　第二站,艾稚往安徽司空山去,那里是二祖的道场。山脚下有一块巨石,刻着"禅宗第一山"几个大字,是号称当代维摩诘的赵朴初先生题写的。从山脚至山顶的二祖寺,需要爬十几公里陡峭的山路,偏偏山上下雪,坡陡路滑,但艾稚毫不犹豫,一步步拾阶而上,气喘吁吁走了 4 个多小时方看到大雄宝殿的大门。这里上来一趟不容易。山上少有游人,艾稚见一个中年禅师立在大雄宝殿门口,便大声喊师父好,给禅师行礼。禅师笑眯眯地迎她进大雄宝殿,像是遇到了熟人一样。待艾稚从大雄宝殿出来,禅师像是有安排一样,引领艾稚去殿后瞻仰祖师遗迹二祖洞、三祖洞和传衣石,不然艾稚还不知道有这些地方呢。在隐秘的二祖洞里,禅师告诉艾稚,当年二祖就在这里面壁,渴了就喝一点山泉水,饿了就吃一点野果。艾稚看到在山水滴淌下来的地方,有一只老旧的木瓢,艾稚拿起木瓢,接了山泉水品尝,好清甜,好清香,如饮甘露。艾稚又面壁坐了一会儿,感受祖师寂静、坚定的心音。祖师为什么面壁坐呢?是要练就一颗像石头一样坚不可摧、寂而无妄、绝不动摇的心吧?

三祖洞是三祖僧璨在二祖身边的修禅之所,洞内东南面巨大的岩石中间裂缝如刀劈,禅师告诉艾稚,那是三祖在洞里开悟时一掌劈开的。艾稚仔细观察那缝,不齐整,是自然裂开的,艾稚在石缝中上下摸索着,这是怎样的力量啊,何时自己能有这样的心力呢?

走到仅容两人打坐的传衣石,禅师用树枝扫开落叶、积雪,指点艾稚看石头上大大的"传衣石"三个字,还有那个茶杯品大、深3寸的圆洞。这洞,据说是北周孝闵帝时期佛道争山斗法之时禅师用禅杖杵出来的。禅师告诉艾稚,这是当年二祖给三祖传衣钵的地方。这时,艾稚突然热泪盈眶,她不由自主地跪在雪地上,对禅师行礼,大喊三声:感恩师父!感恩师父!感恩师父!

禅师默立在那里,慈悲地望着艾稚。

看完这些遗迹,禅师将她迎入客堂,请她喝茶,吃些饼干糕点。这时艾稚才发觉自己已经饥肠辘辘了。这禅师真是太贴心了!茶桌是一块大大的原木板,上面摆着几盘茶点。禅师告诉艾稚,山上的食物都是和尚们一步步从山脚下背上来的。艾稚想象着僧人们背着大大的竹背篓一步步上山的艰难,在上山的路上,艾稚就曾看到一个居士带一壶油上来。自己空着手都走得那么辛苦,艾稚珍惜那来之不易的食物,舍不得多吃。边泡茶,禅师边问艾稚,为何一人来此? 艾稚讲,我心不安,老禅师常法便要自己来一趟祖师道场。禅师笑了,跟艾稚讲起当年二祖悟道的公案。

当年慧可禅师很茫然,便问祖师:"我心未宁,乞师与安。"祖师回答道:"将心来,与汝安。"慧可禅师沉吟良久,回答道:"觅心了不可得。"祖师于是回答道:"我与汝安心竟。"慧可禅师听了祖师的回答,当即豁然大悟,心怀踊跃。

听了这桩公案,艾稚多么希望自己和二祖一样豁然大悟,她执着地问禅师:"那心到底在哪里呢?"

禅师说:"心无实体,无形无相,无来处、无去处,是为无心,并没有一个实在的心可得,也没有一个实在的'不安'可安,安与不安,全是妄想。"

见艾稚虽有所悟,但仍迷惑的样子,禅师进一步说:"凡夫的心常在妄想里,若依凡夫的妄心而言,可以说心在念上。心的生灭来去,不外乎念头的生灭来去。你仔细观心,会发现自己的念头是一个接一个如波浪般来去的。"

艾稚仔细觉察着自己的心念,的确,一念接一念,无有止息。"既然有妄心,那就还有真心啰?"艾稚问。

"心在念上的心就是我们日常经验的心,二元对立的心,即妄心。真心就是我们讲的如来藏心,无分别的般若心,这是超越经验的心,它是随缘不变、不变随缘的。"

"那无念是不是就见真心呢?"艾稚继续问。

"我们不能处于二元对立之中，要么有，要么无。无念不是断灭一切心念活动、绝对无的状态。无念是'于念而无念'，是'于诸境上，心不染着'，是'见一切法，心不染着'，'无念'即无分别的般若心。"

"那是不是说，观心就是用真心去观妄心呢？"

"这还在二元对立中。其实真心也是妄心，妄心也是真心，妄心是被染污的真心，二者是一不是二，所谓息妄即真。"艾稚若有所悟，感恩禅师，素昧平生却获得这样细心指引。这是怎样的机缘呢？

宿于山寺，艾稚做了一个梦。

十方大地，有山名西山。西山脚下，有禅寺名云居，云居寺庄严清净，有居士名神光。

禅寺西去，有一小片丛林，名三叶草谷。这三叶草谷的由来，是因这丛林西边的茶树下，茂密地生长着成片的三叶草。

神光在一小片丛林的小径上行禅，突然，一只小虫径直朝他飞来，完全无视神光的存在。

离神光只有一臂之远了，就要撞上神光了。神光只好停下脚步，伸出手，将小飞虫接住，让它停在自己的掌上。

这是一只灰白色的圆球形的小虫，只有绿豆大小，重重叠叠的薄纱般的翅膀密密的，将它的身体包围成球状。

小虫在神光的掌上一动不动。神光看着它，它是那么小，那么轻,感觉绒绒的。神光知道小虫也在好奇地看着他,便对小虫自我介绍说:"你好,我是神光。"神光感到小虫笑了,然后神光就知道了小虫不是蛾,它是一只小蚊子,一只毛茸茸的小蚊子,一只让他有点奇怪的小蚊子。

小蚊子爬到神光的掌心,用它的脚肢轻轻挠着。神光的手掌不由自主地轻轻合拢了,他不会伤害小蚊子的。突然间,神光觉得这是一只能感知他心跳的小蚊子,不,小蚊子本来就是他的心。他有点不想让它离开自己了。

他将小蚊子轻轻放在左胸,小蚊子就轻轻地趴在那儿睡着了。

小蚊子一觉醒来,觉得趴在神光的胸前睡觉太舒服了,暖暖的,很安心,完全不像睡在草叶上,会被风雨声惊起。

小蚊子伸了伸懒腰,想知道神光在做什么。它看到神光一动不动地站着,眼里含着笑意,嘴里不间断地发出它听不懂,但是很好听的声音。

小蚊子喜欢那声音,它依偎在神光胸前,沉浸在神光的声音里。此时小蚊子觉得自己的心也变得静净了,小蚊子甚至觉得世界从来没有这样美好过。

小蚊子也舍不得离开神光了。

但是,我终究只是一只蚊子……小蚊子想。

神光念过经文,轻拍一下衣袖的灰尘,想起了小蚊子。

他用手指轻轻地接过小蚊子,让它待在自己的掌心。

神光看着小蚊子,看着这只奇怪得像自己的一部分的小蚊子,无声地笑了。

小蚊子看着神光,也笑了。那笑容,像花朵静悄悄灿烂地绽放。

这一笑,如同万丈霞光,让神光和小蚊子照见了彼此的心,那用清净的爱填满的心田。这一笑,如同阳光穿越星体透过云层与大地的相遇,他们已经在时空中等待了几百万年……

不知过了多久,神光和小蚊子依然深情地对望着。一阵风过,吹动神光宽大的衣袖,神光的手也随着风动袖动微微地抖了抖,就是这微微的一抖,让小蚊子忆起了自己是一只蚊子。

"可是,我只是一只蚊子。"小蚊子伤感地垂下眼帘,别过头,不再看着神光。

"小蚊子,你我无二,何来分别!"

"小蚊子,你我一体,莫要在心上起分别!"

小蚊子被神光急切的呼喊声惊愣得转过头,怔怔地看着神光的眼睛。

真的没有分别?小蚊子望着神光,犹豫了。小蚊子欠了欠身子,它感到自己的心在隐隐地痛。

"尚知有痛,还有分别。"神光探问着说。

"无分别,才有欢喜!"神光恳切地说。

小蚊子一时放不下分别,却又舍不得神光。小蚊子知道,在这世上,没有什么可以和神光一样照见小蚊子的心。

"好吧,我且安享当下。"小蚊子太息般地说。

神光听了,欢喜地松了一口气。

小蚊子安居于神光身旁,天天听他念经说法,伴他行住坐卧。渐渐地,小蚊子的心性也有些开启了,对什么缘起性空、世事无常,什么应无所住、影留寒潭,等等,也有些似懂非懂了。每天,神光会抽些时间和小蚊子说说话,解答小蚊子乱七八糟的问题。神光还想教小蚊子一些咒语,让它每天念,用来护身。毕竟像它这样的小蚊子,太容易受到伤害了。

神光以为,不管未来怎样分离,他和小蚊子都是连在一起的。因为小蚊子即心,心即小蚊子。

日子就这样舒适、宁静、温暖地过着。神光和小蚊子都觉得很幸福……

农历七月初七,乞巧节,小蚊子的好朋友过生日。小蚊子提前一天去了朋友家,第二天下午才回。神光在禅寺门口迎了,话间说起自己昨晚在禅堂几乎一夜无眠,早上坐禅,有小蚊子多次入境,那个小蚊子呀在神光的心识里摇头晃脑地哼唱。小蚊子初听了,心里甜滋滋的,转而开始替神光担心。神光这不是起了贪爱与执着么？神光不是常常要小蚊子参缘起性空,禅坐时要摄念专一么,神光这是怎么啦?

小蚊子:"我不能贪恋自己的平和宁静,而耽误你一世的修行。"

神光:"缘来惜缘,何来耽误?"

小蚊子:"那以后坐禅要怎样?"

神光:"小蚊子即心,心即小蚊子,无二。"

小蚊子:"贫嘴。"

神光:"情缘善聚,恶缘坏了,皆有定数。"

小蚊子:"那怎知善恶?"

神光:"利人不害人,因上能知果。"

小蚊子:"何因何果?"

神光:"善因妙果。"

"还有何惑,拿来,为汝解!"神光得意神气的神情让小蚊子无可奈何。小蚊子嘟哝着:"总之,缘起性空呀!"

"你呀,说得好啊,你可知云聚是缘,世间无常态,当下就是佛。"

神光嘴巧,小蚊子也不指望这就能说服神光,如果神光自己不愿意看到,他又怎能看得到呢?

小蚊子不再说什么,只是紧紧地贴在神光胸前。"此刻神光还是小蚊子的神光,一旦觉醒,神光的心中就不会有小蚊子了。"小蚊子伤感地想。小蚊子多么希望自己真的是神光的心,而不是单独的一只小蚊子啊。

神光煮了一壶山泉水,于条案前冲了一壶野茶,禅堂顿时满室飘香。神光在蒲团上盘腿坐了,脸上挂着一丝若有若无的微笑。

小蚊子凑过来,一副欲说还休的样子。神光逗小蚊子:"小蚊子有三藏慧眼,涅槃妙心……说啊!"

小蚊子吞了吞口水,挺直了腰杆,说:"若误神光修行大事,小蚊子罪过大矣。"

"不会。该了的缘不了,还得在轮回中纠缠。"

"这是贪爱,这是妄念多的表现,是执着。"

"我离不开心里的小蚊子。"

"是放不下头脑里的妄念、心中的幻境啊。"

"不是幻,是真如妙境。"

"何为真如妙境?"

"梦即现实,现实即梦。"

"总会过去。"

"人不因为死而现在就不活了。"神光接着说,"人生是经历,一次美妙的经历。"

"美妙是当下的心造的。神光居士需持戒否?"小蚊子毫不退让。

"我不持戒,我只看因果。"神光有些不管不顾了,"小蚊子可以不要神光,但神光不能不要小蚊子。"

"神光是我心。但我不要成为你的魔。"

"你是小蚊子,何以为魔?"

"心魔。"

"心中所爱,何以为魔?"

"你是被爱蒙蔽了双眼啊!难道一个爱字,就可以不管不顾么?"

"都管都顾。要管顾的是自己的这颗心。"

"那么照顾好这颗心。我有事忙了……"小蚊子要怎样跟神光讲神光才能明白呢?如果神光自己不愿意看到,他又怎能看得到呢?

过了许久许久,对小蚊子来说似乎有一百年那么久,小蚊子听到禅堂里一声叹息:"是神光修行不够啊!"然后小蚊子看到神光慢慢地从蒲团上立起,趔趄着往禅堂外走,边走边发出一声沉痛的低吼:"爱欲不迷人,是人迷爱欲啊!"

这吼声,在禅寺的空壁间回荡……

看到神光走出禅堂,小蚊子的眼睛湿润了,它的心上划过一丝欣慰,转而生起大大的悲伤,"神光再也不会像以前那样爱我了,神光也许从此就不理会小蚊子了。"看着神光不管不顾蹒跚的背影,小蚊子的眼睛里下着瓢泼大雨。终于,小蚊子哭得晕了过去。

不愿惊扰,不忍离开,只让曾经的爱弥漫在心田……不知过了多久,小蚊子流着眼泪,伤心欲绝地、一步一回头地朝它原来居住的地方飞去……

艾稚从梦中哭醒,雪夜里居然出了一身大汗。她觉得梦中的小蚊子就是自己,自己就是那只没有爱的小蚊子。那神光是谁呢?

用过早斋,艾稚下山,禅师送给她一根竹杖,说是下山会轻松些。艾稚心中一直疑惑此禅师是不是梦中的神光,犹豫了一阵终于忍不住问禅师:"师父认识神光么?"禅师一愣,笑着回答:"慧可禅师以前就叫神光。"艾稚听了,也一愣,然后开心地笑了。她知道自己为何千辛万苦要爬上这山寺,知道为何会有禅师来引领她了。人生如梦,梦即人生,下山的路,艾稚真的像小蚊子一样会飞,她是一路欣快地飞下山的。

回到下榻的宾馆,已是吃中餐的时间了。餐厅里连她就两个客人,另一个客人是才从三祖寺过来的一名中年男子,正打算上二祖寺。那男子滔滔不绝地给她介绍三祖寺。三祖寺为南朝高僧宝智开创,隋初,禅宗三祖僧璨来此弘法教学,并传衣钵给四祖道信,并于公元606年在此立化。立化就是站着走,三祖站在一棵树下,用手攀着树枝,就走了。立化塔所在处就是三祖立化的地方。在三祖洞旁有一块大大的传法石,上书"解缚"二字,这是一定要看的。聊过三祖寺,男子又说起自己的人生经历。男子说他离婚了,但这次来二祖寺、三祖寺,却是替前妻还愿来的。艾稚好奇,问他为何离婚。男子说,前妻是个女强人,在外面飞扬跋扈,在家里也飞扬跋扈,赚了几个钱,就好像她是救世主,完全不把男人放在眼里。女人一年到头在外面折腾,也不知道忙个啥,既不管家,也不管孩子,自己实在受不了,在外面找了个小三,结果被前妻知道了,前妻找人将小三打了一顿,自己也被扫地出门。后来呢,小三也跟别人走了。男人言语间不免流露出伤感和无奈。艾稚并不同情,觉得眼前这个男人并不是什么好东西,又联想到自己的经历,感叹这世上的男人怎么都是一路货色。"女人在外面打拼容易吗?"艾稚以质问的语气问。男人并不生气,慢条斯理地说:"男人需要的是妻子,不是钱,也不是颐指气使的妈,男人需要尊重,需要女人的怀抱。"艾稚坐不住了,不愿和这个花心的、没用的男人多说什么。男人谈兴正浓,继续说自己的故事:"后来前妻得了乳腺癌,扩散了,没人照顾,我又放下工作去陪她度过人生最后的一段旅程。一日夫妻百日恩啊!"听到这里,艾稚又觉得这个人还是有情义的。"我们离婚后,前妻曾经后悔过,但又不直接跟我说,只是到二祖寺、三祖寺求菩萨让我回到她身边,她的愿望是实现了,只是没想到,竟是这样一种决绝的方式……年轻的时候,不知道珍惜,不懂得包

119

容,不明白家庭就是道场,人到中年方明白管好自己的心,才能够管好一切……不过也好,棉花里是磨不出利刀来的,人的一生,一定要经历种种磨难、种种痛苦,才会真正知道人生的滋味是什么。"男子的这番话,令艾稚唏嘘不已。这个离婚男人,映射出自己心中的痛,一开始自己对他是有成见的,也因此认为男人没有一个好东西,如果不听他说完,就会给所有男人贴上花心大萝卜、不负责任的标签。后来听他讲到照顾病重的前妻,又觉得这个男人也是有情有义的,可见人在信息不全的情况下,不知给他人贴了多少自以为是的标签。从男人身上,艾稚也认识到,人是具有多面性的,此一时彼一时,没有绝对的好,也没有绝对的坏。我们看到的外部世界,不过是自己以偏概全、从自己的视角所看到的片面印象而已,不过是自己在心上做的念,就如同瞎子摸象所看到的象尾巴。

　　吃过中饭,艾稚坐上一辆私家面包车,往离此不远的三祖寺去。面包车上只有 3 个乘客。另两个人显然是一对情侣。艾稚上车时,看到那个女的板着脸望着车窗外,男的则拉着女的手。过了一阵子,两人开始争吵起来,开始声音还小,后来越来越大。艾稚注意听了听,好像是男生认为女生不该穿黑色衣服来见他,因为黑色代表着死亡、丧气、倒霉,而女的则认为黑色代表高贵、优雅,自己用心打扮出来见他,居然被骂,很憋气、很窝火。在争吵中男生还翻出以前在哪里会面时女生也是一袭黑衣的往事,而女生已经不记得了,后来好不容易回想起来,才知道男生讲的是自己非常喜欢的一条有花边的黑裙子,更加生气,忍不住大喊:"我怎么会遇到你,真是倒了八辈子霉。"男生也毫不示弱地喊:"我怎么会遇到你,真是倒了八辈子霉。"到后来两人都叫着分手,喊师傅停车,他们要下车。司机是个大叔,好言相劝,年轻人,有话好好说。艾稚也劝,小事一桩嘛,何必那么当真。于是这对情侣把头各自扭向一边,谁也不理谁。到三祖寺门楼时,男生先下车,女生穿着高跟鞋,不方便,男生很自然地伸手接她,女生甩开他的手,男生则搂着她的腰。后来,在解缚石处艾稚又遇到了这对情侣,他们是手拉着手的。这对情侣为了衣服吵架,因为彼此给黑色衣服附上了不同的意义,都坚持着自己的意见,要证明自己是对的,世间人不都和这对情侣一样,活在二元对立中,活在自己的文化观念里而不自知吗?这对情侣还要示现'一念起万水千山,一念灭沧海桑田'吗?前一刻卿卿我我,下一刻苦大仇深,再一转念又甜甜蜜蜜了,再下一刻又吵了闹了……可见欢喜和仇恨并不是在心中盘踞不动的,好与不好只在一念之间。如果他们有见体的功夫,女生知道男生是希望他们的爱长长久久,男生知道女生那样打扮是为了给心上人呈现最好的自己,那双方的表达就会不一样了。一念起无明,无明生妄念,一念又一念,人生就在念头起伏间喜怒哀乐、沉浮轮转。

来到法物流通处，艾稚看到三祖的禅宗心要《信心铭》一书，欲请一本，执事僧说，请一本可以，不过先要答个问题。艾稚觉得有趣，这个与众不同，是三祖的作风。别人坐着入灭已经稀有难得，三祖却要弄个立化来表现来去自由，其他地方请法宝都没有要回答问题的。

"什么是信心？"僧问。

艾稚想这个信心自然不会是我们平时说的自信心，这个信心，应该是两个词。便说："信，就是相信；心，就是真心本性。信心就是要相信人人的真如自性是本自具足的，信心，还要相信这个心，信心还要明白自己的这颗心。"按照老禅师的教导，艾稚事事都要做三重思考，不做二元对立观或者一元观。

僧人递给艾稚一本《信心铭》，艾稚欢喜地翻开来读："至道无难，唯嫌拣择；但莫憎爱，洞然明白；毫厘有差，天地悬隔；欲得现前，莫存顺逆；违顺相争，是为心病……"读到这，僧人问了："什么令心得病？"艾稚按文字索骥，回答："拣择、憎爱、顺逆都是分别心所起的妄念，令人生烦恼，这种二元对立造成人心的病。"老禅师时时处处提醒艾稚不要陷在是与非二元对立之中，这下艾稚用上了。合自己心意的就爱，不合自己心意的就憎恶，这不是二元对立吗？心中生出顺境、逆境的想法，不也是二元对立，非此即彼嘛。

艾稚正暗自思忖,僧人的问题又来了:"心在哪里?"艾稚左右思量都觉得找不到心在哪里,真个是觅心了不可得,不知如何回答,便谦虚地请僧人开示。僧人讲:"你把念头认识清楚了,也就把心认识清楚了。心太大,内容太多,但心的内容不外乎是一个个念头拼凑起来、组合起来的,所以讲心在念上。如果你仔细体验心的生灭来去,它就是一个念头接一个念头如波浪般来去的。"艾稚听了,觉得此话好熟悉,想了一阵才想起昨天二祖寺的僧人不就跟自己说过类似的话吗? 关键时候用不出来了。僧人继续说:"欲得大道现前,只要心中不生逆、顺之念。境缘本无逆顺,因心而有逆顺,逆则生憎,顺则生爱,皆是妄想而非真实。"

今日充实,见到一个离婚悟道的男人,又见到一对吵架又和好的情侣,现在又遇到一个这么奇怪的僧人,艾稚想,这里一定有老禅师布置的功课。艾稚反思自己这几日的行为,师父约法的第一条放下知见和评判,这个是完全没有做到,遇到人与事,就习惯性地开始评判了。还有那个观心护念,艾稚一天不知起了多少个念,在解缚石旁看到那对情侣时,自己人在三祖寺,心却回到了从前。自己的觉察功夫完全赶不上念头的来去,那些念头太快了,那些评判太快了,在观察之前就已经做出了评判,哪里能用上观察、感受、感应、对应的法宝。如何当下感知自己的心念呢? 要怎么样才能即观即转呢? 怎样

123

才能做到不评判呢？这个心地功夫好像并不容易啊，万法皆在于一心，观心在于护念，但这个心却了不可得，咋办？

从河南到安徽，再到湖北，艾稚一路辗转，来到黄梅四祖寺，已是黄昏。新修的四祖寺依山而建，殿堂雄立，精雕细镂，廊腰缦回，檐牙高啄，煞是气派。梯阶上，偶尔匆匆走过一两个年轻的和尚，这是一方清修刹土特有的风景。这里的夜空特纯净，仅仅是一弯下弦月，就把寺庙照得一片空明。奇特的是，那下弦月旁伴护着一颗明亮的星星，他们在天空中组成一圈明亮的大光圈，在光圈之外才是繁星点点。"老禅师，如果你在，能够告诉我，这全息了什么吗？"艾稚在心中问老禅师，想念着老禅师常法。如果老禅师有这样一个道场，那该多好啊。

艾稚在寺里转一圈回来，已是晚上 10 点，同屋的只有一名女士，尽管已经上床，但仍好心地指导艾稚寺里的规矩。艾稚知道这位女士是和朋友一起从北京来的，以前也来过这里。四祖寺是目前艾稚挂单入住条件最好的地方，被单什么都是新换的，但艾稚睡得并不踏实，似乎一夜都在梦中。她记得在梦里，她见到和这位女士一起来的几位女居士到房间来喝茶聊天。而第二天艾稚在山上的传法洞遇见这位女士的时候，她的身边只有一名男士。艾稚突然明白什么叫一念生万念了。昨晚，艾稚听女士讲到她是和朋友一起来这里的时候，艾

124

稚生了一念,她是和单位同事一起来的,于是就有了梦中的情景,那一念自动演绎出了梦里的故事。谁说世间万象不是一念而生呢? 那一念生起之后,就会自动按照自己的习气、习性去演绎后面的故事,完全不需要"你"参与。人生就是这样失控的。

艾稚从山上参拜完毗卢塔、传法洞等几处古迹下来,和洗衣房的老居士聊天,艾稚赞叹寺庙的气派,老居士告诉艾稚,这座新修的寺庙是三个有钱人捐建的。艾稚赞叹道:"真是大菩萨呀,捐建寺庙的福报很大呀。"老居士说:"如果人的初心是为利益众生而做,那是菩萨。如果只是为自己培福,那这个福德就有限了。"

见艾稚不明了的样子,老居士问:"你明了什么是善,什么是恶吗?"

这么简单的问题,还真是难倒了艾稚,她自言自语似的重复着:"什么是善? 什么是恶呢?"

老居士说:"什么是善? 什么是恶? 无'我'即善,有'我'即恶。只有放下自我,心中无我,所行方为善。"

这时艾稚想起老禅师的约法第五条,要她始终保持利人利己的初心,艾稚一直不知道要如何才能做到,洗衣房的老居士让她明白:只有无我之心、无分别之心才是真正的善,放下我的需要、我的利益,才是真正的利人,才是真正的利己,利人就是利己,利己就是利人。从这个角度,自己不仅离真善还有十万八千里,而且还是一个恶人。

五祖寺也是沿着山势建于山腰的,也是气势磅礴的样子。在六祖慧能舂米的碓坊,那古朴的石碓还在,艾稚静立良久,想象当年六祖腰间拴着一块石头、心无所住、一心一意舂米的画面,似乎听到有节奏的踏碓声。作为一个已经开启自性的修行人,慧能为作佛而来,但在五祖安排他破柴踏碓时,没有丝毫的功高我慢,老老实实依教奉行。

五祖寺的环形碑廊绘着六祖受法的事迹和坛经法语。六祖慧能大师著名的接法偈子就发生在这里。艾稚久久地徜徉在当年的南廊中,回味着禅宗历史上最伟大、最令人激动的故事。

从五祖寺后山的"通天路"来到六祖得法的"授法洞",艾稚在这个能容纳一两个人的山洞里静静地坐了一阵。艾稚喜欢这种寂寂静坐的方式,用这种方式,艾稚仿佛能够感应到穿越千年依然绕梁的祖师心音。"菩提本无树,明镜亦非台。本来无一物,何处惹尘埃。"

来到五祖寺的第二日,赶上了放生活动,艾稚跟随大众将买来的鱼拖到江边,和众人一起念三皈依文,然后边念佛号边将鱼儿放进水中,其他站在岸上的师兄们则在一名师兄的带领下一起喊"南无阿弥陀佛"。领喊师兄喊"南无",其他人接

"阿弥陀佛"。

那是一句怎样的"南无",一出口,便触动了心的开关,引艾稚的眼泪喷涌而出。领喊师兄那种发至丹田、撕心裂肺、用尽全身力量的一句"南无",感天动地、惊天地泣鬼神！放生的鱼儿游出去又游回来,跳出水面礼敬,再往远处游去,这是一种什么样的力量,如此的深入性灵,一瞬间就触到真心,让艾稚明白什么叫用心。昨天,师兄就曾经指点艾稚要放下思维,更用'心'一些,那时艾稚正一直找心而不可得,正不知如何用心呢。领喊师兄的这声"南无",让艾稚知道了什么叫用心。用心是每一个细胞、每一根汗毛、每一个呼吸、每一个心跳的全情投入,一心不乱,毫无杂染,只有那个。相比之下,艾稚觉得自己以前从来就没有真正用过心。

从五祖寺出来,艾稚发现自己实在很饿了,翻遍了行李包,发现只有一只扒鸡,这还是出发去四祖寺时,吃鸡的两个男人硬塞给自己的。当时那两人在津津有味地吃鸡,艾稚想起老禅师讲的众生一体,慈悲为怀,本想劝劝这两人,在公众场合吃鸡,吃了就吃了,就不要这么大声地讲如何如何好吃了。两个男人讲,也不是单纯为了吃,主要是这鸡里有童年的记忆、妈妈的味道。不信,你试试。艾稚想起小时候在外婆家吃鸡的场景,不由自主也兴奋起来。两个男人见艾稚有同样的情结,便爽朗地说,我们这里还有一只,你拿着。艾稚再三

127

推辞,不肯拿,两个男人不由分说将那盒鸡直接塞进了艾稚的包里。

结果艾稚带着这只鸡到了四祖寺,没有机会吃,又带到五祖寺,也没有机会吃。现在艾稚边吃心里面边打鼓。跟着老禅师在全息精舍的一段时间,才对吃素生起随喜之心,以前艾稚可是肉食动物,现在开了荤,还能坚持得下去么?

"吃肉会助长杀生,这可是有罪过的。这只扒鸡,虽然不是为己杀,但它也是一条生命。

"但肉已经做好了,不吃也是浪费。而且这只鸡已经被带到四祖寺、五祖寺走过一回,算是皈依了,超度过了,这只鸡没有了怨恨心,就不会怪我了。

"把扒鸡带到寺庙,算不算对祖师的亵渎啊?"

艾稚左思右想,要是自己能像济公和尚一样,吃了死的,吐出活的该多好。世人只知道济公和尚"酒肉穿肠过,佛祖心中留"的句子,艾稚是知道后两句的,"世人若学我,如同进魔道"。

艾稚边吃边纠结,但那味道还真是童年的味道。于是又转念,"吃不吃素,都只是形式,真正的功夫在于你有一颗什么样的心吧?藏传佛教中在难以得到蔬菜、水果时不也允许和尚吃肉吗?"

她吃一阵又想:"但吃这只鸡,毕竟不是利人利己吧。

"真正的功夫是放下。吃都已经吃了,放下这些念头吧。"

　　人啊,一生就是这样被观念束缚着,被念头操控着,所谓的自由和独立不过是被洗脑的结果。人为什么会纠结,因为有不同的价值观,有不同的动机,当这些不同的观念、动机冲突时,人的几个自我就开始在头脑里打架,自己和自己过不去,然后又努力为自己找做这件事的理由,不断合理化自己的行为。人就是这样活在单向的自我合理化里,活在自己的念头里的,而不是自然而然在地活在真实的世界中,像一棵树、像一朵云、像一片虚空那样。

　　只剩下最后一个曹溪了,这个令艾稚一想到就激动的地方。艾稚决定让自己慢下来,先修整一下,每天只是读读《坛经》,准备好最好的"一瓣心香"再往曹溪南华寺去。奇怪的是,读《坛经》,每次读到"何其自性本自清净,何其自性本不生灭,何其自性本自具足,何其自性本无动摇,何其自性能生万法"或者是"不是风动,也不是幡动,是仁者心动"等处时,艾稚就忍不住痛哭流涕。

　　这是怎样的宿缘?

　　艾稚到达曹溪的时候,寺门已经关了。艾稚正在问人哪里可以住宿,这时庙里的一个和尚经过她面前,告诉她,庙里可以挂单。艾稚拖着行李到门卫处,门卫要她先和庙里的人联系。艾稚第一次来,没有任何熟人,怎么联系?和谁联系?

这时,那个和尚又回来了,艾稚叫一声师父,便跟着和尚进了侧门,刚才的那个门卫见她有和尚引领,就没拦她。和尚带着艾稚走,至一处,艾稚看到一种层层叠叠的花瓣如同莲台的植物,问和尚那是什么,和尚道:"凡所有相,皆是虚妄。"然后给她指出客堂的位置,就自顾自走了。南华禅寺很大,艾稚转了几个弯,又分不清客堂的方向了,这时刚才那位和尚又在前面的一个门洞出现了,再次给她指明了方向。艾稚登记好住宿,便去六祖殿外问讯。就在艾稚拜下去的一瞬间,一个奇特的现象出现了,艾稚的全身就像一张电网,一下子扑哧扑哧通了电,全身都在那个电流中。如果要描述,就像全身的经络都亮了,或者说全身如同布满一张光网,这个光网是立体的,遍布全身。

晚上,艾稚做了一个梦。她见到一个中等身材、面容端庄、身体柔软的僧人从寺庙的台阶走下来,艾稚内心知道那个和尚是自己。和尚跪拜在六祖脚下,但梦中艾稚只看到六祖的右脚和右小腿。后来艾稚又看到和尚坐上了一个只有一层莲花瓣但是很大的莲花台,在梦中艾稚还升起了一念:这个莲花台有点简陋。

第二天一早,艾稚来到寺里,从山门一路拜过来。到达六祖殿,才发现殿里除了有六祖的真身像外,还有憨山大师和丹田大师两位高僧的真身塑像。艾稚无比虔诚地跪拜,泪流满

130

面,心里喊着:"师父,弟子来了。请师父加持弟子开启自性的智慧,明心见性,成就佛道。"

艾稚逛累了,坐在路边休息,旁边也坐着几个闲聊的人。艾稚听他们的口音,应该是湖南老乡,便主动问好。其中一个中年妇女说:"南华寺上香最灵验了,如果连续三年都来,许下的愿望就能够实现。"艾稚问她:"你这次来是许愿还是还愿啊?"女人说:"我是还愿。前两年我到这里烧香,求佛祖保佑我生意大发,果然,今年是第三个年头,生意就越来越好了。"另外一个中年男人附和道:"南华寺求财最灵了,而且显远不显近。"另外一个女人讲:"我呀,是听她说南华寺灵验,明年孩子考大学,也来烧炷高香啰,求菩萨保佑孩子考个好大学。"他们也问艾稚此行的目的,艾稚敷衍道:"我只是随便来看看。"世人就是这样,带着世俗的愿望来求佛祖保佑成全,如愿了,来年便来还愿,不如愿了,就说那里的菩萨不灵。大家都和菩萨做交易来了。

艾稚觉察到自己在评判,问自己,是一颗什么心在评判呢? 你是要所有的人都按照你的方式去做吗? 那可能吗? 又在非此即彼的二元对立了。一个是自己的方式,一个是他人的方式,和自己的方式不一样,就是不好的。按照自己的标准评判他人,总是要证明自己的正确、别人的错误,这样的艾稚不是愚夫一个又是什么?

下午,艾稚在法务流通处看书。这里有别处没有的许多佛学书籍,一屋子的书籍,而且全是免费结缘,这些书多是南华禅寺曹溪弘法团倡印,上面标着"曹溪文库"的四字方印。艾稚爱不释手,翻了这本又翻那本,本本都想带回去。正看得入迷,艾稚的手机响了,是全息精舍护持居士的电话,说老禅师常法喊她回去。

这老禅师,又玩什么伎俩,艾稚本来打算在南华禅寺住上一周,打个禅七再回去,可是自己承诺过依教奉行,只得带着一大包书,匆匆回房间收拾行囊,打道回府。艾稚实在舍不得走,提着行李,又到寺里转了一圈,到六祖殿和祖师道别,才依依不舍地走出曹溪门,慢慢穿越寺前开阔的广场,这里有一股敞亮的气息。这个地方,这股气息,如此熟悉,令艾稚依依不舍,艾稚分明感到六祖就在她头顶,六祖也舍不得她走,送她来了。艾稚在心里跟六祖对话,"师父,弟子还会回来的,一定会回来的,你放心。"艾稚一步四回望走出来,等赶到火车站,已经没有回去的车次了。

艾稚只能坐第二天上午的车回了。

第十二章　全息识人格

你从哪里来？

人格模式学起来难不难？

玄之又玄，众妙之门。

　　等艾稚赶到全息精舍时，已是第二天下午 2 点。艾稚到达精舍时，老禅师并不在精舍，问护持居士，说老禅师才出门，不知去哪了，也不知什么时候回。艾稚那个失望啊，那个委屈啊。你就不能晚一点走吗？你就不能等等我吗？我按照你的吩咐遍访祖师道场，你就不能等我跟你见了面再走吗？另一方面，艾稚又想，老禅师会不会像上次一样，只是跟自己玩了一个花样呢？

艾稚满腔的兴奋,一下子泄了气,她决定回家!

艾稚到自己原来住的房间去拿存放的行李,推开门,发现里面有人,一个 50 岁左右的中年男人坐在电脑前打字,还是一指禅呢。男人见有人推门,抬头微笑着打招呼,一张柔和儒雅的笑脸,好像在哪里见过,但显然艾稚并不认识他。

男人微笑着问:"你是谁?"

艾稚没好气地回答:"天地间一沙鸥。"

"你从哪里来?"

"自祖师处来。"

"你就是艾稚了。"

艾稚惊讶男人知道她的名字,护持居士过来了,介绍说,这是老神老师,著名的心理学家。老禅师走之前要我转告你,他外出的日子,你有什么问题可以请教老神老师。

见艾稚被搞蒙的样子,老神笑着说:"有时,别人也叫我老神经。"

老神这么一说,艾稚忍不住跟着笑起来。

"老禅师才被政府官员派人派车请走了,也不知什么时候回来。来,分享分享你祖师道场行的心得体会啰。"老神示意护持居士、艾稚坐。

艾稚说:"我不坐了,出来好久了,想回家了。"

"哦。看来是进入回避型人格通道了。当依恋型人格的需求没有得到满足的时候，就开始回避。这个老禅师真可恶，为什么不等艾稚回来再走，你抛弃艾稚，艾稚也不要你了，再也不到你这里来了。"

艾稚见老神说出了自己的心声，嘟着嘴不出声。

"小的时候，小艾稚一定有过同样的经历，被爸爸或妈妈丢下不管的经历。"老神轻描淡写地说。

艾稚在心中回想，但仍然不吱声。

"在依恋期，你的依恋对象对你的依恋需要反应不稳定，有时能满足，有时则不能，你便使出浑身解数，努力用哭闹吸引他（她）的注意，以使依恋需求得到响应，另一方面又为自己受到的冷遇而愤怒，对依恋对象产生爱恨交织的矛盾情感。是不是这样？"老神凑过头来，眨巴着眼睛问艾稚。

艾稚不情愿地说："好像是有这么回事。我出生不到一个月就被送到外婆家，小时候，爸爸在部队，妈妈在一个农村小学教书，妈妈要周六下午回来，周日吃过晚饭又必须回学校去。妈妈是爱我的，为了留住妈妈，我也努力做一个好孩子，但无论我怎么表现好，妈妈都必定会离开，这让我很沮丧。"

"依恋期的依恋需求不能得到满足，这成为你依恋型人格的源泉基础，也成为伴随你一生的人格特征。父亲的缺位让你一生都在寻找父亲，所以你找的老公一定是父亲般的老公。

是不是这样？"

"是的。"

"为了没有得到的满足，你一生都在寻求补偿，寻找依恋的对象，要么是人，要么是物，当你觉得人、事、物都靠不住了，你就会寻找某种精神。是不是这样？"

老神说得有些道理。艾稚回想自己以前依恋事业、依恋父亲、依恋教授，当发现这些都靠不住的时候，她来到了老禅师这里。

"为什么动不动就回避呢？当你觉得不被爱、不被需要、不被认同、价值得不到体现、不被关注时，内在首先采取的策略就是逃离、回避。长辈带大的孩子在依恋期对父母的依恋需求不能得到及时的满足，依赖探索期向外探索的行为又容易受到过多的限制。爱的不被满足和对被控制的恐惧这两大痛点，使你一方面为了爱的满足和安全感的保障，总是会向外抓取和寻找依恋的对象，另一方面，因为害怕被拒绝，又会极其敏感，感受到一点风吹草动，就会快速逃离，从而得到合理化自我的安慰和满足。这成为你回避型人格的基础源泉，回避型人格是你隐性的主体人格。平时有没有这样的现象，母亲一句很平常的表达她自己想法的话，会被你解读为控制和要求，这时你就烦躁、不满甚至发火？"

艾稚想想真是这样。妈妈一句要自己多穿些衣服的话，艾稚都会认为是对自己的要求,内心会生出烦躁和不满,虽然艾稚并不一定表现出来,但内心却感到委屈,觉得总是要委屈自己去满足母亲的要求。

"你对父母的依恋得不到满足,于是你便塑造了一个假自体,自己做起了自己的父母亲。在你心中,有一个完美母亲的形象,你用假想的模板做你孩子的母亲,以补偿自己爱的缺失,因此在你的孩子身上,会有压抑的愤怒,你的孩子生气郁闷时,他会不会经常一个人待在那里什么也不说? 怎么劝也不开口?"

"是啊。"艾稚忍不住回答,儿子真是这样的。

"由于父亲的缺位,你又做起了母亲的母亲,甚至代替了家中父亲的角色,所以在家里,你是一贯的家长作风,是不是这样?"

连这个都看得出来? 无论对父母、妹妹还是自己家,艾稚很多事情都是大包大揽的,而且家人不听她的,她就会生气。

"你有一个内在誓言:'没有你,我照样活得很好',所以你对自己的要求是极严厉的,你会努力做一个外在标准的好人,你乐于助人以显示你的价值,你强迫性追求完美,崇尚原则和规则,你不断强化外界认可的某些行为方式,如微笑、公益等表达友善的行为。这是强迫型人格的特点。这是你外显的主体人格。"艾稚虽然不作声,心中在想:"这个老神有点神。"

"你会强化受到父母和社会赞同的部分,对受到父母和社会否定的部分,你会采取压抑的方式,本能地对自己的阴暗面感到羞耻,甚至否定它的存在,压抑自己所谓坏的一面,表现自己所谓好的一面,并将'好的'一面作为自己唯一的自我形象固定下来,努力控制自己自认为不好的一面,以免受到羞辱。你不断强化自己头脑中完美的假自体,弱化他人,弱化内在那个情感未得到满足的内在小孩,外在呈现出古板偏执型人格,以自我为中心,固执己见,对他人的质疑和不认同会很容易生气、愤怒。是不是这样?"

艾稚撇撇嘴,老神继续说:"就这样,你在外人面前表现自己强大、优秀的一面,而掩饰、逃避自己内在弱小、不好的一面,以得到外界的认同。你常否认自己的物质和情感需求,以此表现自己的通情达理、好人及强者的角色,在遭到否定、拒绝时会烦躁、焦虑、愤怒,但在言语上会采取沉默的方式,不表达自己的情感和需要,采取压抑的方式处理情绪,因此身体上已经出现了紧张、僵硬和疼痛等表现。"

老禅师的朋友就是不一般。艾稚的肩背腰是经常不舒服的,左肾还有小结石,看来都是气不顺,自我压抑的结果。

艾稚忍不住问老神:"你这用的全息么?"

"老禅师给你讲过全息咯?"

"讲过一点点,真是很神奇。你也会全息?"

"大道相通咯。人格模式是进行人格全息的基础,如同地图,自我人格模式的心理地图。这个人格模式作为内观、内转的心理学工具,能够帮助人明确自己现在的方位,要往哪个方向去,去的方法是什么。怎样明方向呢?就是你对人格组合非常了解了,往不同的人格通道上走就是不一样的命运和人生。一个人了解自己越多,对于自己要往哪个方向去,就越明了,对自己的方法运用就越准确,在清理心理垃圾和困扰自己的模板模式上也就越准确,越明了。"

"人格模式学起来难不难?"

"说难也难,说不难也不难,不用心就难,用心就不难,无非用心二字。人格模式心理学以中国《易经》智慧为理论支撑,将东方哲学的阴阳观、系统观、天人合一思想与西方心理学无限细分的思想结合起来,立足于自然系统、社会文化系统、家庭系统等人格的形成环境来认识'人'这个小系统。在人的自我系统中,又分为认知、情感、情绪、身体四大模块,认知、情感模块属阴,是内隐的、看不见的,情绪、身体模块属阳,是外显的、可见的,这四大模块虽四而一,不可分割。认知是解决人的方向的,要到哪里去? 带着什么角色去? 角色与关系如何匹配? 这都由认知决定。角色与关系的互相匹配是有情感需求的,注入情感底片是有内容的。什么内容? 需要和价值。各种需要一旦不被满足、价值没有体现就会表现为与对方的联结不够，就会出现安全感的缺失，在身体的表达上就会出现吵闹、烦躁等症状，就是合作与分离，要么就是彼此合作、认同，要么就是彼此分离、不认同。四大模块里包含了自我清理的 8 个要素，是人格模式中自我清理的工具：在认知模块是角色与关系，在情感模块是需要与价值，在情绪模块是安全与联结，在身体模块是合作与分离。四大模块分别有 4 块骨骼，一共 16 块，认知模块有四化：强化、弱化、同化、异化；情绪模块有四射：内射、外射、映射、投射；情感模块有四位：错位、移位、归位、转位；身体模块有四习：习得、习惯、习气、习性。四化两两化合，形成 16 种主体人格，四化再与四射、四位、四习两两组合，形成 64 化，64 种人格。从其中任何一化都可以全息当下一个人的全部动态。"

"这个听起来有点玄。"

"玄之又玄，众妙之门。全息的功夫可不是一日炼成的，老禅师可有教你全息的基本功？"

"有啊，8 个字：观察、感应、对应、反应。但我观察的功夫很差，总是活在自己的念头里。"

"知妄即真，看来还是挺有收获的。全息人，也是这八个字。刚才老神只给你介绍了人格模式的框架，还有各种人格组合的千变万化，各种能量通道的斗转星移，那就更是神奇了。有兴趣,好好去研读一下陈公先生的著作《人格模式心理学》一书。"

这世上高人多啊!艾稚人不住感叹,在他们面前,自己真是一无所知。

第十三章　梳理原生家庭模板
重建新生家庭模板

仔细回顾一下自己对家人的感受。

一娘生五子,五子各不同。

应无所住而生其心。

从要回家到此时的兴致盎然,艾稚已经决定先留下来,好好向老神学习,她要让老禅师对自己刮目相看。

老神的话题很多,这时,老神拿出两支笔、两张纸,问两位有没有兴趣来做一个简单的游戏。

一说做游戏,艾稚和护持居士都跃跃欲试。老神请她们用 3 到 6 个词来表述父亲、母亲、丈夫、子女的记忆印象。

老神才说完,护持居士脱口而出两个词:"苦、困窘。"

老神说:"你对父母的印象反应你的情感模式,意味着烙印在你情感记忆中的一大堆原生事件和情绪按钮。那么针对老公,现在的这个家庭依然说了这三个字,我觉得呢,不管有什么样的苦,有什么样的困窘,我们需要换个角度去看,调整我们的预期。当我们认为苦的时候,我们会调动所有与苦相似的因素。父母的苦和困窘对于上一代人实际上是一个共性,这是一个时代的烙印和记忆。在这个苦和困窘里面,带给你的感受是什么? 这个原生家庭当中留给你最深的印象是什么? 比如说你父母在这个苦和困窘当中是很恩爱的,是相互扶持的,是很阳光的。如果苦和困窘是外部压力的话,那么内在的动力在哪里呢? 怎么去抵御苦和困窘呢? 这是个问题。这几个字反映你现在,生活中的你内向,不善于去表达,很多时候的交流是被动型的。你期望别人来关注你,期待别人来关爱你,期盼别人来关心你。但是这个期盼、期望都在于你是被动地去承受和接受,一旦来的不是关爱,不是关心,不是关怀,那么你是不是就认为苦和困窘是自己的宿命,觉得这就是我的命啊,你看我从父母开始就苦就困窘,直到我还是这个样子,这就是命。你如果改变一个通道,主动去表达,主动去感受,主动去回应呢,这样你的人生就完全不一样了! 苦也能变甜啊! 困窘也能化解啊! 虽然你说的是父母,实际上你还是期望触及你现在的生活,父母只是一个挡箭牌。父母可能确实是在苦和困窘当中过来的,实际上你用苦和困窘这样一个环境,来掩饰你对当下现实生活的不安和不满,但是你总是在被动地去选择、被动地回应、被动地承受,试着换一个化合通道,换一个对苦乐的感受好不好? 苦是磨炼我们的! 这样人生的意义就不一样了。你能不能尝试着去做? 再用几个词来描述一下你的父母好吗?"

护持居士腼腆地答应着。

父亲:聪明智慧,能说会道,但不轻易说,严厉、固执、冷漠。

母亲:聪明,勤劳能干,善良随和。

老公:聪明,不外露,少语,勤奋,有责任心,敬业。

儿子:聪明,灵活,贪玩,爱运动,爱交际,敢说敢干,但不能吃苦,毅力和耐力不够。

护持居士说完,老神就开始分析:"我们来看一下你的父亲和母亲。父亲聪明智慧、能说会道,但不轻易说,严厉、固执、冷漠,你在父亲这里习得了什么呢? 你对于父亲是赞赏,但是你和父亲之间有距离,还有敬畏。也就是说,你想跟父亲亲近,但又没有跟父亲建立好的联结,为什么呢? 因为父亲严厉、固执、冷漠。这就造成了你虽然感觉父亲好,但是有距离。母亲这块呢? 聪明、勤劳、能干、善良、随和,师兄都习得了,也就是这些优良特质在你身上都有表现。我们再来看看你老公:聪明、不外露、少语、勤奋、有责任心、敬业,这些特征跟父亲几乎是吻合的,也就是说你找的这个老公是按父亲这个模板来找的,但是由于你跟父亲的模板之间缺少了那种共振的爱的表达和爱的感受,所以,你用这样一个模板来找老公,本来是要弥补父爱的缺失,但还是没有得到共振,为什么这么讲? 因为老公不外露、少语,老公的这种爱的表达方式和父亲的表达方式是一样的。这种一样就导致你在父亲这里没有得到的完整的男性的、父性的爱,到老公这里也得不到。为什么呢? 他们有没有爱你呢? 其实父亲很爱你,老公也很爱你,我相信哦! 但是你感受不到,为什么? 因为你觉得你从小形成的这块短板没有补齐。你是带着这个短板来寻找、补齐的,结果人家不知道你有这个短板,所以你觉得自己孤独,无人能懂啊! 是不是这样?"

护持居士连连点头。

"再来看孩子。孩子聪明、灵活、贪玩、爱运动、爱交际、敢说敢干,但不能吃苦,毅力和耐力不够。不能吃苦,毅力耐力不够,这不是个性化的问题,是共性化的问题。这不是哪一个孩子的问题。你想一下,之所以在现实生活中,有很多时候你感知到你的心不被人了解,你的爱别人感觉不到,你对他们的好他们感受不到,那是因为很多时候你本身就在害怕,你害怕你这样的做法,你害怕你这样的付出,你害怕这样的交流会被嘲笑,会被打击。严厉、固执、冷漠的父亲印象的背后,带给你的是很多压抑。胸中一团火,面上还要表现得像一块冰,那这个时候你让老公怎么样跟你交流?你跟孩子之间的这种互动怎么取得共振呢?要调整能量化合通道啊,要把放在他们那里的模板撤掉、篱笆撤掉!真实地去表达自己,让他们真实地感受就好了!"

护持居士连连称谢。

艾稚也说出了自己对家人的感受。

父亲:勤劳,朴实,寡言少语,做事认真踏实,孝顺,什么都要得,认为就那样,不计较。

妈妈:认真到偏执和强迫,喜欢研究,有爱心,勤劳,孝顺。

前夫:聪明,热情,能说会道,做事有责任心,能担当,孝顺,遇事有主意。

儿子:内向,沉静,有爱心,做事认真,个性单纯有主见。

艾稚说完,老神开讲:"我们来看一看,父亲的哪些东西在你身上得到了体现,哪些东西没有体现呢?比如说做事,勤劳、孝顺,什么都要得,认为就那样,不计较,这个在你身上表现是很明显的。那么,妈妈认真到偏执和强迫,喜欢研究,有爱心,这个在你身上表现得也是很明显的。寡言少语这块在你身上表现得不多,你爸爸的寡言少语在哪个人身上得到了补充呢？在你老公身上补齐了这一块,你对爸爸的这块觉得弱,在你老公这块补起来了,你老公能说会道充满热情。所以有时候我们无形中看起来是在选择一个人,实际上,你是在原生家庭当中,你感觉哪块比较弱的,你期望的那一块往往成了你在选择老公、老婆时候的一个重要的推手、一个关注点,对吧？然后你看看,你的强迫性人格、古板偏执型人格从哪里来的？从妈妈那里习得来的,还有依恋性人格从哪里来的？你看什么都要得,说明你父亲依赖你妈妈,对不对？依恋型人格在这里有啊！然后回避型,朴实、寡言少语,其实寡言少语就是回避型的一个来源。要找源头啊！这些源头模板都被你习得了。你在你老公身上补齐了父亲身上的一些欠缺,你回避了的一些东西,在你这个新生家庭里得到了一些释放。儿子呢,内向、沉静,这个也是回避型人格典型的家庭病毒式的遗传。内向、沉静好不好呢？不是不好,那就要看他在这个内向、沉静的过程当中,是找到一个什么样的释放管道？有爱心,做事认真,个性单纯有主见,这样一个管道好啊,如果主见偏向于古板和偏执上去了,那就麻烦了,对不对？这样合并同类项,你就能很快地找到原生家庭里的哪些东西在你性格中的体现,原生家庭被你认为不好的东西或者说被认为要强化的东西,你在现实婚姻生活当中就会去把它补起来了,然后又在我们的孩子身上塑造。就是说你在原生家庭的心理痛点,你又会在你孩子身上去塑造这些东西。这样一找，是不是就很容易找到原型。老神讲的与你的实际情况是否相符？"

艾稚诚恳地点点头，问："你这又是用的什么工具？"

老神笑了。"你就是喜欢方法、工具是不是？刚才我是通过原生家庭来全息人。通过父母可以了解孩子，通过孩子可以了知父母。因为父母是我们的模板，就像电脑，一买来便安装了那样的系统软件，他就注定会按照软件的设置来运行。"

"但也有俗语说：一娘生五子，五子各不同呢。"艾稚说。

"每个人来到这世上，都有不同的来历和机缘，有不同的人生际遇，因而对人生的解读方式各不相同。家庭排行对孩子的影响也很大，比如说老大往往父母自我比较突出，中间的往往感到被忽略，得不到认同，最小的孩子往往儿童自我比较突出，他们的意见在父母和兄弟姐妹那里常常得不到重视，他们总是寻求尊重和认同。但所有人都难以跳出文明的束缚，文化基因对我们的塑造。所以东西方人的性格有差异，不同国家和民族的人有国家和民族的文化差异，大多数人都在不知不觉间复制着前辈的思维方式和行为模式，带着与父母相似的模板看人择偶、以习得的模式、方法做人做事，随着年龄的增长，我们变得与父母越来越像，在你们的身边有没有看到这样的人？"

"有嘞。我有一个朋友就变得跟她妈妈越来越像，说话的语气、行为动作都越来越像。"

"模板是我们在与父母及亲人的互动中,通过观察、模仿逐步形成的认知思维方式、情感方式、情绪及行为表达方式等的模型,会体现在婚姻、生活、工作、情感等众多方面,由我们最早的感受、信念和记忆组成。虽然模板相同,但由于人的个体差异,对同一种情感的表达会有不同的表现形式。如:在父母用高压政策处罚下长大的小孩,今后会用强硬的手段对待他人,而不顾别人的感受,硬要达成自己所要。父母'强硬的方式'成为行为模板,强硬的手段则有不同的表现形式,如有的人用逼迫,有的人用打压,有的人用争吵,一个人在不同的时间、面对不同的人都会用不同的方式,但其本质不变。如果模板改变为'温柔的方式',那互动模式也就改变了。模板是方向,决定了我们往哪个方向去;模式是手段、方法,模板通过模式表现出来。如都是人民币的模板,但模式不同,印出的钞票就有十元、二十元、五十元,还有百元大钞。这个模板会以模式的方式在人际交往中不断地重复,如在寻找配偶时,我们常常以模板找人,也就是我们找的是符合我们模板的某一类人,而不是某一个具体的人。模板在推动,但模式有差异。你们在生活中有没有见到这样的例子?"

"有。我有一个朋友很强势,他对父亲是要横的方式,对妻子是固执己见的方式,对儿子则是呵斥、颐指气使的方式,他面对不同的人会采取不同的模式,他的模板来自于强势的母亲。模式背后的模板不改,他的表达方式就不会好到哪里去。"艾稚说。

"是这样。原生家庭父母之间的互动模式、小时候父母对待我们的态度和父母兄弟姐妹相处的情况、孩童时代的特殊经历塑造着我们的个性,容易形成心理模板,影响着我们今后待人接物的方式。"

"我的母亲经常对父亲大吼,而父亲就会让步,我在家里也会不由自主地用这种方式对付先生和孩子,这种方式就来源于我母亲。"护持居士说。

艾稚从来没有从这个角度认识过自己,她望着老神,瞪大眼睛,故作萌态:"我对老神的敬仰之情,如滔滔江水,奔流不息……"

"这下对老禅师没意见啦?"老神调侃地问。

"哪敢哪?"

"有你不敢的吗? 一个人跑了那么多地方,有没有遇到心仪的男士啊?"

"有啊,不少。达摩祖师、二祖、三祖、四祖、五祖都是,尤其是六祖,对他的景仰之情……"艾稚略停顿,老神接过来,学艾稚夸张地说:"如滔滔江水,奔流不息……"三人都笑了起来。

艾稚眉飞色舞地跟老神、护持居士分享到祖师道场一路的所见所闻、所思所想。说到二祖禅寺梦里的神光和小蚊子，老神在艾稚头上拍了拍，笑着说："看来老禅师常法的安排真是天意啊。"

说到曹溪的际遇，艾稚更是得意，艾稚问老神："这就是过去世的记忆吧？哈哈，看来我曾做过六祖的弟子，过去世我曾经是一个修行人，修行还不错。那个引路的和尚，该是六祖派来接我的吧。"

老神不以为然地看着艾稚，说："那和尚看到'地涌金莲'时为什么会陡然冒出'凡所有相，皆是虚妄'这句话呢？你想过没有？"

"这不是《金刚经》里的句子吗？是不是六祖通过这个和尚提醒我不要着相呢？"

"和尚还说了一句话，你可记得？"

还有什么话，他怎么知道？这老神，好像和她在现场似的，这把艾稚吓了一跳。面对如老禅师、老神这样的神人，看来是什么也瞒不过的，艾稚老老实实地说："那和尚是还说了一句话，是'应无所住而生其心'。"

老神温和地说："那此时你生的什么心？过去世修行好又怎样，重要的是此生以什么样的习气、什么样的境界、什么样的格局在做人做事。你过去是一个富翁，现在是个穷光蛋，别人是以过去的你来看你,还是以你现在的状况来看你呢,是看你当下还是看你过去呢? 莲花台还有大小、繁简之分,这又是什么心在作怪?"老神这么一说,将艾稚从自以为是的我中拉回来。

以前,艾稚觉得自己是很了不起的,有学识、有才气,长得也不赖,自遇到老禅师起,到今天遇到老神,艾稚才发现自己的无知。

艾稚决定先住下来,看看老禅师安排的这个老神这里还有什么吸引人的宝贝。

第十四章　从身体入手的清理：
扭曲的性别角色

这个按摩师有施虐倾向？

如何实现角色归位呢？

当下截流，双向合理化，自然向好。

老神日日坐在电脑前，容易腰酸背疼，一日，他喊艾稚陪他去做按摩。听老居士介绍，镇里有一位半盲的按摩师，有痛到病除的妙招，会赶气。

人活一口气、树活一张皮嘛。身体的疼痛都是因为气不通，所有的症结都是由于气瘀。

名气虽大，但按摩室不大，两室一厅的民房而已。还有就是按摩师身材高大、肌肉强壮，一看就很有劲的样子。对于客人，他一副不迎不取的样子，没有笑脸。但有老居士的强力推荐，老神毫不犹豫地选择了他。开始，按得还挺平静的，当按摩师给老神按膀胱经的时候，老神痛得开始叫唤起来，老神用手推按摩师的手，求饶地叫着"师傅不按了，不按了"，但按摩师丝毫不为所动，照样死劲按着不放手，老神痛得龇牙咧嘴，面部严重变形，艾稚不知是怎样个痛法，在旁边呵呵地笑。

终于按摩师说："可以啦。"老神如获大赦，狼狈地从"手术台"上下来。按摩师问老神感觉怎么样？老神扭扭腰、甩甩胳膊，说："咦，很轻松、很舒服，不痛了。"

按摩师说他身上基本没有什么废气，只是腰肌劳损得厉害，不宜久坐。然后对着艾稚说，倒是她身上废气多，女人嘛，想不开的事情多。艾稚对按摩师的说法不以为然。老神在旁边怂恿："你的身体里废气多不多，师傅给你赶赶不就知道啦。试试嘛，痛只是一时的，痛过就好了。"艾稚见老神按过之后神清气爽的样子，心想也不见得就那么夸张地痛吧，试试就试试啰。

那赶气，真他妈痛，完全不是疼痛的痛，应该是各种难受的感觉的混合，痛、酸、胀、麻的混合，你会完全不知如何反应，就是难受得无以复加，你叫唤也不减轻一丝一毫的痛感。按摩师完全不管你的叫唤，你求饶，你推他，他也不松手，你的身

154

体难受得扭曲成一团,他也不管不顾。你痛得哭了,他也不同情,有时还呵呵地笑。不过奇怪的是,按时痛,按过之后,还真就不痛了,艾稚的右肩,已经痛过几个月了,不能向后抡,这按过之后可以前后自由地甩圈了。艾稚告诉按摩师,自己还有一个毛病,经常从胸口嗝气出来。按摩师说,你平常总是勾着个肩,压迫了胸部,长此以往就这样了。不改变姿势,这个毛病就好不了。

回精舍的途中,老神和艾稚互相调侃着对方的表现,分享按时的那种痛感。两人一致同意这个按摩师有施虐倾向,人格里有攻击型人格,他用这种方式让自己得到释放,就不会产生反社会的行为了。说了按摩师,老神又说起艾稚佝偻着肩的这个习惯。

老神问艾稚:"身体的疼痛有没有让你想到自己习惯性用一种什么样的方式在处理自己的情绪?"

艾稚本来对此就有所感悟:"有啊,我习惯性用压抑的方式来处理自己的情绪,但这个情绪的能量一直在,这股能量会转位,攻击我的身体,负能量积累的多了,时间长了,身体就会这里不通、那里不通,身体就会习惯性地紧张、紧绷和疼痛。如果不调整的话,今后身体可能会出大毛病。"

"什么时候开始勾肩的?"

"应该从胸部发育时就开始了,那时觉得不好意思。"

"在青春期,有没有发生与身体有关的让你感到尴尬的事情?"

"有啊,大约是读初三的时候吧,一次和好朋友一起在路上散步,被一个迎面而来的年轻男子突然伸手抓过胸脯。从那以后,更加不敢挺胸了。"

"你的父母亲希望你是一个男孩子么?"

"是的,我小的时候,妈妈是把我当男孩子养的。我自己也一直有这样一个想法,此生恨不为男儿身。"

"所以你并不接受自己的女性身份是吗?"

"是这样,我希望自己是一个男孩。"

"我们可不可以这样理解,你身体上表现出来的勾肩,是相,其背后有被袭胸的羞辱性事件,有你不认同自己的女性身份的认知,所以你会抽烟、喝酒、打球,以彰显男性的特征,是这样吗?"

"是的。包括客人到家里,我都会喜欢陪男客,要教授去陪女客。我觉得女人们尽谈一些鸡毛蒜皮的事情,没有什么意思。"艾稚说。

"所以你的性别角色从小就被扭曲了,你潜意识觉得自己作为女性是没有被接受的,我是不够好的,你是不接纳自己的女性身份的。你想为了父母而成为男孩,你觉得自己作为一个女孩,是错了。你觉得你做女人错了,所以要去证明自己比男人更好,所以你从来没有能享受做女人。你觉得男人才是被尊重的、才是能干大事的。所以你从不希望彰显自己的女性身份。是这样吗?"

"是的。"

"这个情结根深蒂固,根在你的原生家庭。你妈妈一直希望养个男孩,她认为这样才能满足丈夫的需求,才能在家中站稳根基。当你按母亲希望的样子塑造自己的时候,你就在扭曲自己的身份,变成假小子了,从而不断压抑自己的女性特质,尽可能表现得男性化。就是现在,你也是很少穿裙子,走路是甩开膀子大踏步走。但是母亲并不见得真的希望要个男孩子,她只是受传统观念的影响,所以对于女儿假小子的表现并不见得全然的理解、接纳,这让你愤怒,同时对自己的身份认同产生怀疑。母亲对父亲的军官形象是高度认同的,当你按照母亲的期望去塑造自己的时候,你就将父亲作为自己的对镜对象和唯一的参照标准塑造自己,从而产生一种强烈的依恋情结——恋父情结。"

"是的,我看到和父亲的身材长得像的男性都有亲切感。"

"这是一种投射。将对父亲的情感投射到他人身上了。但父亲并不在身边,所以你对父亲的依恋只是假想中的依恋,并没有一个实在的父亲在你身边,你依恋的是你头脑中的父亲,真实的父亲反而被你忽略和隔离了,你自己做起了自己的父亲。你习惯于父母的角色,所以在你的内在时刻有严酷的家长在提醒、评判和要求自己,这会让你过上严肃的生活,但缺乏快乐的生活。是这样吗?"

"真是这样,我很少感受到快乐,很少去享受生活。我过着严肃的生活,认为没有什么困难可以打倒我,除了我自己。因为我的内在会自生动力,我为自己是一个能够'自我燃烧的人'而自豪,我曾经想,即使擦皮鞋,也要做最好的擦鞋匠。我是个高度自信、非常自我的人。工作中我从来没有把自己当女人,但另一方面我也蛮羡慕妹妹从小穿得像个花蝴蝶似的,柔柔弱弱地被保护着。小时候我为了给妈妈省钱,常穿妈妈的旧衣服,但看到妈妈给妹妹做漂亮的衣服,心里也很羡慕,甚至觉得妈妈喜欢妹妹而不喜欢我。"

"妹妹其实是你女儿本性的内心折射,由于自己的女儿本性被压抑,所以会嫉妒妹妹,觉得大家喜欢妹妹而不喜欢自己,这也说明你内在并不接受自己假小子的身份,知道这是假我。就是这种矛盾心理让你在新生家庭中一方面要做男人,扮演父亲角色,一方面又感到不是自己应该承担的,心有不甘。

"妈妈把你当男孩子养,你就有含胸等表现。不接受自己的女性特征,就做不好女人,就没有办法做一个好妻子;不接受自己的女性性别,就很容易造成家庭中的很多错位。你在原生家庭中有角色错位，然后这种错位又带到了新生家庭中……对母亲不认同，回避、隔离母亲，和妈妈的心理距离隔得远，导致你没有母亲的模板。从隔离母亲这块，你做母亲、做妻子就焦躁，因为没有模板，只有头脑里想象的自以为是的模板，活在自己的癔症型幻想里，也就看不到他人的需求，给出的不是对方想要的，于是得不到丈夫和儿子对于你作为女性这一块的认同。是这样吗？"

"是的。"老神和老禅师常法一样总是喜欢反复确认自己的分析和判断，不武断地下结论。

"另一方面，由于父亲的缺位，父亲的关系模版也没有建立起来。关系没有建立起来，就有幻想中的角色塑造，自己替代了父母的角色，所以习惯于做家长，一点不如自己的意，得不到认同就焦虑，就自我攻击，自虐，有无指向性愤怒，什么事都能点燃你的怒火，莫名其妙火大，无来由发脾气，别人一句话是对的，也能发脾气，完全活在自己塑造的假自体中，潜意识里就不愿意做一个柔顺的妻子，但可以做丈夫的小女孩，以弥补未做过真正的孩童的缺失。"

"是的，我一直有一个誓言：好妻子是不做的，好妈妈是一定要做的。"

"为什会有这个誓言？你自己就是家里的丈夫，说一不二，哪里还会去做妻子该做的事？你否定隔离母亲，认为母亲不是一个好母亲,所以你要在儿子身上寻求自我的补偿,所以你一定要做个好母亲,让孩子享受到最好的母爱,但那都是你一厢情愿的想法、做法,不见得是儿子需要的。在原生家庭中你扮演了自己的母亲、父亲,扮演了儿子的角色,唯独没有做女儿。在新生家庭中,你心中单向合理化的角色扮演是父亲的角色,丈夫扮演母亲的角色,儿子在扮演你自己的角色,严重的角色错位、关系错配,因而不能得到儿子和丈夫的认同。有没有这样的情况?"

"是这样,我努力挣钱养家,丈夫并不认同,我为儿子做的,儿子也并不买账。"

"在错位的角色中寻求理解、认同,肯定是得不到的,因为那是你一个人头脑里的游戏,你一个人在那里玩,别人并不知道,更谈不上认同,所以你无论在原生家庭还是新生家庭,都常常得不到认同,自己也觉得自己不够好,缺乏价值感和归属感,爱的需求、被认可的需求得不到满足,因而有压抑、扭曲的能量,因而愤怒、无名火、莫名的郁闷。你需要认清自己在原生家庭和新生家庭所扮演的角色,然后进行角色归位的工作。"

艾稚觉得老神说到自己的心坎上去了,从来没有一个人这么深入地分析过自己。"如何实现角色归位呢?"艾稚真诚地问。

"每个人的内在,都有三种角色:弱势化的儿童自我、平行化的成人自我、强势化的父母自我。很多人看起来年纪一大把了,但他的心智并没有成长,还停留在童年。这时我们需要用内在父母呵护自己内在的那个小女孩慢慢长大,在与人相处时,回归成人自我,不控制、不要求,而是尊重、倾听、引导、合作。时刻把握一个合作的关系,合作必有妥协,妥协中合作就不会有那么多的要求与控制了。"

　　"什么是平行化的成人自我呢?"

　　"平行化的成人自我是一种理性、成熟的自我状态,既不会感情用事,又不会以长者的身份审视、评判自己和他人,会根据现实决定自己的立场,客观地收集信息,运用理智、商谈来解决问题。一个人处于成人自我状态时,其思想、行为和情感都指向于此时此地,角色和关系时刻通达,随时移步换景,因事而化,因人而变。"

　　"这个具体要怎么做呢?"

　　"对于内在小孩的疗愈,《别永远伤在童年——如何疗愈自己的内在小孩》和《原生家庭》这两本书可好好读一读。总之,要以无限的耐心、爱心和智慧,如同恋人陪伴心上人一样,接纳、欣赏、包容内在小孩的一切并引导他成长。"

　　两人也聊到艾稚是否再次走入婚姻的话题,老神给她分析:"家庭冲突的来源主要有三点。首先是夫妻双方原生家庭模式之间的冲突。婚姻说到底是两个家庭模式的碰撞和磨合，婚姻的失败，是人格模式在婚姻当中的失调引起的。只有夫妻双方通力合作，共同建立起双方都能接受的新的模式，这样的婚姻才能和谐。第二个点是我们并不知道如何爱自己，所以总是在索爱。婚姻的幸福，是需求被满足习惯的延续，是对自己某一个爱的需求没有被满足的一种补偿。我们儿时没有被满足的需求，和一直理想被满足的需求如果在这里得到了满足，我们就似乎感受到了生命的完整，反之，则有矛盾和冲突。讲阴阳和合或性别吸引也好，讲爱也好，爱什么？实际上我们爱他人首先要爱自己，不爱自己，你拿什么给别人？很多人不爱自己，天天问别人爱不爱我？自己爱不爱自己呢？怎么爱自己呢？爱着爱着，他就以理想化的自我和社会规范的理想化的人的标准，甚至圣人的标准来衡量自己和他人了，于是不接受自己本来的样子，不接受爱人本来的样子了。你的需求在他身上都得到了满足，你内在的痛点在那里都得到了抚慰，那么他有没有需求呢？有没有痛点呢？你有没有了解呢？彼此疗愈、共同成长的夫妻是不多的。在夫妻关系中，更多的夫妻是带着一个内心需求没有被满足的假自体在与爱人互动，不是索取就是塑造对方成为自己理想的样子，自虐、虐他！只有当我们自己的内心越来越纯净、越来越接近自己本真的时候，我们才会主动地付出爱，才会有付出的能力，自

162

然会角色归位,夫妻双方才能尽各自的义务,获得关系的自由。获得关系的自由是最重要的。关系自由就是让别人做他自己! 第三个点就是控制、要求、塑造。许多人在塑造自己不成功时,就会转身去塑造身边的人,希望通过塑造、控制,让别人成为我们想要的那个样子。这怎么可能呢? 压抑必然带来对抗,过度压抑只会带来扭曲,孩子们往往就是这样被扭曲的。我们对他人的塑造不成功同样会有挫败感,因为你对他人塑造不成功就等于是你对自己的塑造不成功。为什么不让他人做自己呢? 因为我们觉得不安全。我们希图控制他人以让自己感到安全。这是人生的假相! 去塑造、改变、影响、控制他人,不让他人做自己,永远也不可能得到安全。婚姻中只要有塑造,只要存在着控制,就是有要求,有要求就不是爱。即使是爱,也一定会出问题,一定走不远。还有一些人错误地认为美满的婚姻中,双方一定是以相同的方式思考和感受的。实际上,在婚姻中学会包容,学会接纳自己,接纳不同点,从差异中找到关系中的乐趣才是我们真正要上的新生家庭中的人生一课! 和而不同才是王道。

　　"如何实现角色归位呢? 简单地说三点:

　　"第一,用内在父母呵护自己内在的那个小女孩慢慢长大,时时用关心、关注、关爱这'三关'来对应内在的那个孩子。在与人相处时,回归成人自我,不控制、不要求,而是尊重、倾听、引导、合作。

"第二，脱离原生家庭父母关系模板，建立属于自己的新生家庭夫妻关系新模式。在两个独一无二的人相遇时，难免会有意见冲突，这是意料之中的事，解决冲突将使我们的生命成为一场激动人心的历险。当对方呈现儿童态，你就出母亲，当对方出成人，你也出成人，这样角色就和谐了。如果婚姻的两人都只愿意做自己，而不愿意为对方或者根据对方的反应而做一些调整，那自然合作不下去。也就是说，如果你不改变从父母那里习得的婚姻的模板，当你再次走入婚姻，依然沿用熟悉的模板，完全可能重蹈覆辙。

"家人是战略合作伙伴关系，时刻把握一种合作的关系，在妥协中合作才是相互依赖、快乐的成人关系的关键，合作关系自然就不会有那么多的要求与控制了。

"第三，让每个人做他想要成为的自己，你也做你自己，这样你们就能双赢了。

"我们在爱着别人的时候，是否想过对方真正想要的是什么？真正是适合对方的吗？如果不是，也许正是因为我们的爱，让对方难受、煎熬，甚至无法承受，最后走向极端。很多时候，我们为爱付出了一切，最终却发现仅仅是感动了自己。我们为此深感委屈与不值，殊不知，刽子手往往就是我们自己。

"爱，本来是世界上最美好的东西，也是让这个世界之所

164

以变得更美好的东西。爱，绝不会自然消失，爱会因无知、错误和背叛而消亡，会因厌倦、挖苦和玷污而死去。

"无论我们爱什么人，都先需要尊重别人作为一个生命的独立性。我们没有权利去侵犯这种独立性，以爱的名义也不行。

"真正正确的爱的表达方式是，让对方以自己最喜欢、最合适的方式活着，我们可以选择一路同行，但绝不可以蛮横操控。

"在婚姻中，角色与关系是需要相互认可，双向认同的。双向认同的关系才能成为和谐的关系。通过沟通，妥协中合作，建立一种双方都认同的关系模式，脱离原生家庭父母关系模板，在'尊重、倾听、沟通、合作'中建立属于自己的新生家庭夫妻关系新模式。"

"听君一席话，胜读十年书啊。"艾稚感叹。

"其实对于与孩子的关系，道理也是一样的。"老神继续延伸，"在关系中，我们强调尊重、倾听、引导与合作，这个同样适用于与孩子的相处。当你与孩子是战略合作伙伴关系，你才会给予孩子尊重，才会听他的意见，才会与他平等的沟通，你才会在包容的基础上欣赏，在理解的基础上支持，在归位的基础上合作。许多家长常常打着为了孩子好的旗号，要求孩子按照家长所理解的社会的标准、按照自己未满足的心愿来塑

165

造自己,这是真的为孩子好吗? 孩子是一棵苹果树,你却要孩子长成一棵柚子树;孩子是一朵牵牛花,你偏要孩子开出玫瑰来,这可能吗? 这是爱孩子吗? 有些孩子扭曲自己,努力满足家长的需求,这样子,家长就喜笑颜开,孩子没有做到,不仅批评打击孩子,还自我贬低,自卑自怜。他们需要用孩子来帮助自己建立自信,孩子的不完美、不够好,就是他们自己不完美、不够好,究其实是对自己的不接纳、不欣赏,是对自己的不自信。

"亲子关系同样要在包容的基础上欣赏,在理解的基础上支持、归位的基础上合作。允许、欣赏孩子做他(她)自己,表达他(她)自己。在理解的基础上支持,理解是什么? 当你真正用心听懂了对方的心声,看懂了对方在这个心声背后的真实动机,这种理解才是真正的理解。在理解的基础上才能支持他(她)独立的表达、用心的感受。实际上理解就是一种换位啊! 在归位的基础上合作,很多时候我们常常忘了自己的位置,比如说有的家长将孩子错位成自己,代替孩子去做他们应该做的事情,有的夫妻通过控制孩子来控制对方,有的家长,将孩子错位成自己的父母,一任孩子颐指气使,还有的将孩子替代成妻子或丈夫,这种错位的表现,要不要归位呀? 归位就是时时刻刻像登山,移步换景,因时而变,因势而化,可以做孩子的朋友,但孩子毕竟是孩子,同样不能放弃父母的角色,在归位的基础上合作才是真正的合作,否则谈合作是不可能的,在错位下合作就是关系错配,必然会导致言行错乱。

"有的父母吵架不避孩子,当着孩子面吵个不停,会在孩子幼小的心灵中留下很多心理障碍。在他储存的记忆里他会不断赋予要么是爸爸要么是妈妈在这件事上的态度,哪个强势他可能就会仿同,哪个弱势他会在情感上同情,但在言行上不会去仿同。将来某一点映射的记忆出来时,弱者的东西让他伤感,而强者的东西又容易让他去施行,虽然他在情感上是不接受那种强者的表达方式的。你说你的孩子胆小,这个就是后天的家庭环境里父母吵架或离异带来的变化,或是家长包办代替太多引起的,他还没开口你就把他要说的话说了,他还未提需求,需求就被满足了,他干吗还要说呢? 这种情况有没有可能改变呢? 是可能的,就是一定要让他找到所爱的人或物,比如可以让其情趣转移的书、画、琴、棋、歌唱等等,都可以转移转化,但这种转移转化要根据兴趣来,为他做自己想做的事情提供帮助,而不是替他做决定。去和孩子沟通,但不要期望孩子怎么讲,不要因为孩子讲了什么而失望,而只要他是真实的表达,我们就要通过孩子的眼看我们自己在孩子心目中的形象,这个形象是不是我们和孩子共同需要的。如果我们需要,孩子不需要,我们就需要做修正。

如果孩子真的爱你,你就要不断地尝试,让你的孩子学会表达他的爱意,如果孩子都不能准确地或者不能经常性地,甚至都没学会来对你表达他的爱意,那么你在孩子心目中仅仅只是一个老妈子、保姆吗?或者你的形象只是一个赚钱机器的爸爸吗?这个都是需要我们认真去思考的。我们可以试一试,对我们的孩子讲能不能帮妈妈做做这个,帮妈妈去买一下那个东西,等等,我们不断唤醒孩子对我们的言行的喜怒哀乐的反应。我们要尝试着去表达自己,创造让孩子表达的机会。如果你的孩子从小就没有建立起这种表达的好习惯,那将来他(她)与自己的妻子或丈夫之间的表达会不会出问题呢?绝对会出问题。原生家庭对一个人的影响可以说是终身的。一个人刚出生的时候,他(她)和最初抚养他(她)的人建立的心理纽带,将成为他(她)一生情绪发展、沟通模式、人格发展的基础,焦虑、压抑、愤怒或是羞耻感,这些情绪以及今后他(她)和别人的相处模式,和他们与父母亲的相处模式有着千丝万缕的联系。所以如果你希望孩子成为一个身心健康的人,首先自我成长吧,做一个有着强大心灵的人。"

"不能自以为别人会怎样认为、怎么想、怎么做,要去交流,去沟通。你不也说凡事只要三关到了(关心、关注、关爱)就好办了嘛。"

去沟通、过三关,去做、去做,经老神一指点,艾稚对于回去后与家人的相处有了信心。

就在艾稚盘算着回去之后,如何做一个全新的自己的时候,老禅师回来了。

老禅师与老神寒暄后,问老神:"我这个弟子可行啊?"老神笑答:"宿缘深厚,法门利器啊。"

艾稚给老禅师汇报自己祖师道场行的见闻觉知,老禅师和老神一样,叫艾稚不管过去怎样,观照好当下的这颗心。

老禅师又问艾稚;"最近学了老神见体的心理学,可和师父所讲的有什么不同啊?"

艾稚讲:"无二无别。说法不同,大道相通也。原生家庭和人格模式心理学都是认识自我、清理自我的好工具,能够帮助弟子认出自己的习性反应模式,清除情绪模板,练就放下的功夫,用老神的话说,就是当下截流,双向合理化,自然向好。"

几乎是同时,老禅师与老神相视点头,击掌大笑。

艾稚也笑了。

第十五章　从情绪入手的清理：
扭曲的内在小孩

难在又当爹又当妈。

生活中情绪为什么会失控？

领导的工资是你发吗？

艾稚是脸上放着光彩回到妹妹家的。

妈妈、妹妹、妹夫见了，左右打量着艾稚，得出结论：大姐变了，多了几分沉静的气质，少了几分霸气。儿子见了艾稚，更是给了艾稚一个大熊抱，还在艾稚的脸上亲了一下，黏糊糊地说："妈，我好想你。"

艾稚看着稚嫩帅气的儿子，满脸的欣赏，揉着儿子的脸说:"想死妈妈啦。"

"姨妈,想我了没有?"

外甥女放学进门,接过话来。

"姨妈最想我的小美女啦。"说完也在外甥女脸上亲了一下。

外甥女问:"姨父怎么没来迎接姨妈呢?"

大人们听了一愣,没想到艾稚说:"儿子,给你老爸打电话啰。怎么可以没有他呢?"儿子如释重负,欣喜地给教授打电话,教授立马赶了过来。

教授见了艾稚,夸赞艾稚成熟了,艾稚觉察到对于"成熟"二字,自己有一丝的不快,但仍然像是什么也没有发生过一样和教授打招呼,"教授,感谢你把儿子养得这么好。"

"我不一直就是又当爹又当妈的嘛。"教授以玩笑的口吻说。

艾稚离开的这几个月,妈妈老了许多,妹妹成熟了不少,妹夫一副有心事的样子,教授则显得沧桑了些。只有两个孩子,郁郁葱葱地成长。教授一向话多,说个不停。对于教授的玩笑打趣,艾稚觉得他是一厢情愿、自以为是,一点也不好笑。艾稚觉察到自己对教授还是有成见的,因为不接纳,所以他说什么都不对胃口。但这是自己的问题,自己能放下评判,回到当下听他说话吗? 老禅师常法说家是修心的道场,要见他人体,老神则说情绪是认识自我的入口,亲密关系最能照见自己的心理痛点,艾稚首要做的,停下评判,只是听他说话。教授的体是为活跃气氛,一番好心。这样一想,艾稚的脸柔和起来。

妈妈的一句话也曾把艾稚影射到。妈妈要艾稚休息几天,去看看姑妈、姨妈。这句话触到了艾稚害怕被控制的心理痛点,她脱口而出:"我才不去呢。"随即意识到自己儿童态,又进入回避型人格通道里了,立马转念,"姑妈、姨妈那么关心我,当然要去看看。妈妈陪我一起去咯。"妈妈听艾稚这么说,身体放松下来。原来艾稚的强迫性人格来自于母亲。身体的紧张在妈妈这里可以找到模板。

在儿子身上,艾稚也觉察到自己有很多要求、应该和控制,用老神的说法是,自己并没有看到真实的儿子。对于儿子,艾稚是有成就感的,把他当成自己的产品,一方面完全地给予,无条件地溺爱,一方面是用自己的标准去评判他、要求他,按照自己的想法去塑造孩子。当孩子表现出符合自己的标准和价值观的言行时就觉得可爱,不符合自己的价值标准时,就觉得孩子是不可爱的。

艾稚是在一件事情发生过程中通过倾听内在的声音得到这样的领悟的。有一天,儿子放学回家晚了,艾稚发现他说话声音嘶哑,有些感冒的迹象。那天,儿子一进门就以无奈的语气说:"中午跑了操,下午又上体育课,下午放学时到老师那里背课文,本来在同学那里会背的,可是一到老师那就紧张得忘了。后来又帮同学搞卫生,中午还没有吃到饭。"孩子是在解释自己为什么回得这么晚,又用苦情计希望得到妈妈的同情,而艾稚觉察到自己内在的声音是:这个儿子真没用,连自己都管不好,又没吃到饭,那么怕老师真让我受不了! 你不可以不帮同学搞卫生吗?

内部那个声音还说:"在家里有大人照顾,但是在外面你应该大胆一点啊。"而艾稚真实说出来的话是:"在外面你只有自己照顾自己,我们可帮不了你什么忙。"这时艾稚觉察到自己的冷漠与责备,她完全没有回应到儿子的情绪和感受。用老神的话来说,是没有支持到儿子,别人和你分享他的事情,都是为了寻求支持。首先要倾听,融入对方的情绪和情感,认同对方的情绪和情感。艾稚知道这是因为儿子没有按照自己的期望来表现,儿子没有表现出她理想中的儿子的样子,她是有不接纳的。她认为儿子"应该"大大方方的,儿子做事"应该"干脆利落,儿子身体不舒服"应该"跟老师说。艾稚还担心儿子的病,担心他照顾不好自己,担心他受欺负。

做父母的常常就只看到用自己的观念、意念所投射出来的孩子,在意的是孩子是否达到自己的期望和要求,是否做到自己所关注的,并没有看到真实的孩子,并没有看到真实的孩子真实的需求。我们的孩子就是这样被一天天扭曲的。父母根据自己的想象为孩子做了一件漂亮的衣服，然后要孩子穿上，衣服不合身，父母不怪自己没有量身定做，反而怪孩子怎么长成这样，这里大了，那里小了。你应该长成这样啊！你怎么可以长得和这件衣服不一样呢？

艾稚为此与儿子做了一次沟通，没想到，才开始说话，儿子就落泪了。儿子说，我们家房子那么大，每个人都待在自己的房间里，我觉得好孤独。艾稚本来以为儿子会享受家中的大房子。儿子还讲，他常常感受不到妈妈的爱，妈妈总在做自己的事情，很少陪伴自己，和自己说话，好像都在喊自己做这个做那个的，要求比较多，居高临下吩咐的多，经验之谈教导的多，很少拉家常，好像我是你的员工一样。儿子的话令艾稚深深地反省。家不需要太大，陪伴，才是最长情的告白。爱，不是在口头上，不是按照父母自以为是的方式，而是要按照孩子的需求，按照孩子想要的方式去爱。

跟妹妹，艾稚也有过一次争吵。妹妹艾慧和艾稚说好一起去做护理，艾慧跟美容师约了时间。那天恰好儿子跟她在分享一件不开心的事，儿子的情绪还没调整过来，艾慧过来暗示了几次该走了，艾稚不理睬她，艾稚觉得妹妹应该知道什么更重要，她生气地说，你不会改时间吗？但妹妹也是个古板型，说美容师好不容易约上，为什么不能先去，两人你一言我

174

一语地争执了起来。艾稚觉察到，在这个事情上，自己也是一个应该后面跟着很多应该。艾稚觉得艾慧应该知道什么更重要，而没有和妹妹解释自己正在做什么，为什么需要调整时间。而自己也习惯性用父母自我与妹妹对应。

从小父亲缺位，跟母亲的联结虽然多一点，但妈妈常不在，作为老大，在父母不在的时候，就承担了父母的角色，保护妹妹、带着妹妹玩，父母自我经过内在誓言反复强化，在真实的生活中，就看不见真实的自己了，把自己的角色聚焦在父母自我上了。所以总是表现得强势、有责任感、担当，所以看到别人就总是应该，你应该知道啊！你应该这样或者那样啦！对于艾稚自导自演的角色，外人并没有如她期望的认可，但她认为大家应该了解，结果大家不了解、不接纳、不明白，这个时候艾稚就有情绪了，觉得不被认同、不被尊重。这个情绪就是真实的内在小孩的情绪，是儿时的小孩不被满足，当他一旦被外在排斥或不被接纳的时候，情绪就出来了，是在那个阶段没有成长的孩子的情绪。

有一个周末，艾稚提议教授和自己一起带儿子去"世界之窗"，都说好的事情，结果教授临时有事去不了，这让艾稚非常生气。艾稚觉察，这是被隐藏的未被满足的记忆被映射了，背后是深层的害怕被抛弃情绪的再现。从小以父母化自我要求自己做到很好、无可挑剔，儿童自我被压抑，内在常有一个声音，"我都已经做到这个地步了，你还不赞美我、认同我"，于是儿时被压抑的愤怒就爆发出来。自己要么以儿童自我与人交往，要么以父母自我与人交往，唯独没有成人自我。如果是成人式的交往，就会想：他确实有事，我就自己带儿子去得了。我为什么没有成人化的方式呢？我从小做父母自我做惯了，总是从上往下看，就容易去评判，不会去听到别人的声音。跟人谈话就容易让别人觉得你在山顶，感觉就会不对等、不舒服，人家就会觉得你傲气，居高临下，爱指责、批评等。

艾稚想起自己以前常请教授给她某方面的事情提些建议或意见，但教授每次讲的时候都会惹得艾稚生气。艾稚现在分析，是自己觉得被否定了，觉得不被爱了，所以很生气。生气时是儿童态，说明自己小时候向大人提出要求、想法时未被采纳，就会生气，是爱的需求没有得到满足的情绪的呈现。教授的行为映射了自己内在的情感底片，摁下了儿时的情绪按钮。

记得老神也曾跟她分析过这种情况："如果按成人自我角色，听完后你就会去想，你感受到他的观点，再对他的观点进行消化，告诉他你的感受，这才是一种对等的交流，正常的交流。你用父母化自我的方式叫他去做，然后又用儿童化自我的方式去与他对接，唯独没有做成人化自我。这映射了你小时候向父母提出一个很好的意见，父母不仅没采纳，还把你说

176

了一通的情感记忆。我们之所以有这么多情绪,实际上是在于我们自己内在的评判。人很容易评判。在不同环境、不同节点,评判是不同的。对那些不愉快不喜欢的事件上面所附加的情绪呢,我们要么是极力释放,要么是极力压抑。实际上,我们身体所产生的情绪反应,来自于认知,来自于情感的释放。"当时艾稚还以为听老神这样讲之后,自己对教授会没有那么多情绪了,没想到当遇到真人真事时仍然习性发作,控制不住自己。"模板没有修正和调整,做什么都只是一时的。"艾稚想起老神的话,自己就是被模板所害、所驱动,强迫性重复儿时的模板,以模式的方式在人际交往中重复。

艾稚记得自己曾经问过老神:"生活中情绪为什么会失控?"

艾稚认为情绪是事情不如自己的意、没有按照自己的预期发展或者不符合自己的价值标准时的一种反应。老神说:"每一种情绪或行为背后都有一个藏于其中的认知以及由这个认知产生的情感需求。情绪是信使,是潜意识给意识送信的使者。每一封信都来自于我们的内心。如果这个送信的人来敲你家门时,你不理他,不开门,这个信使会继续敲门,直到把信送到为止。既然他一定要送到,让我们感知到、感受到,那我们就要很好地去回应。如果这封信的内容很重要,那么送信人就越发尽心尽责。所以如果某一个念头、感情反复折磨着你,这说明透过情绪背后,我们有一些期待、一些渴望、一些重大的需求没有被满足。所以送的信越重要,我们表现的情绪就越大,这封信对我们的成长就越有价值。

"生活中我们很多人的问题在于根本就控制不了自己的情绪,所以会经常说出一些自己本来不想说的话,做出自己本来不想做的事。为什么控制不了自己的情绪呢?因为缺乏觉察,按照习性在走。别人的言行表情,触动了我们习性的开关,程序就那样不由自主地运行了。情绪的背后,是错误的认知,认知的背后有我们的情感底片。怎么才能清理这种爆发情绪的程序呢?你要去了解你情绪背后的认知,你的角色是否错位,关系是否混乱,你情感底片上的这个记忆是怎么来的,这个记忆是不是真实的。这个记忆要到原生事件里去找,它让你产生了什么样内在誓言,有什么样的心理痛点,什么样的心理黑洞,你的什么需要与价值没有得到满足,你给自己或他人贴上了什么样的标签。如何消除痛点?要对你内心当中,你认为的构成这些笑点泪点污点的事情进行还原。你给它贴上了什么样的标签,你就要在这个标签中寻找当时的认知和现在的认知。当初的认知是那个样子,我们现在有能力重新去给它换掉这个标签。换掉这个标签以后,你的这个痛点就自然消失了。消失了以后它就不痛了,你触摸它以后,就已经完全接纳了,完全宽恕了,这样这个痛点程序就不会再启动来伤害你了。"

老神还讲到,人生活在社会大系统、家庭小系统中,人格也是自成一个小系统的,这个系统包含认知、情感、情绪、身体四个维度。当有情绪来送信时,要从这四个维度去分析。先从认知模块的角色与关系去分析,看角色是否到位、错位或者重置、倒置,再看情感模块的需要与价值是否得到满足,是什么样的需要与价值没有得到满足。情绪反应的是安全与联结,身体模块反应的是合作与分离,当然,四大模块是一中含四,不可分割,从任何一个模块都可以进入,四个模块是联动的。你可以从情绪分析情感里什么样的的需求和价值没有得到满足,认知里出现了什么样的角色与关系的扭曲。你也可以从认知入手,也可以从身体模块入手,也可以从情感模块入手,从任何一个切入点切入都可以,牵一发而动全身。如从认知模块入手,你发现角色与关系扭曲了,就一定会出现错误的情感标签,就一定会出现某种情绪的反应!由情绪或身体反应切入,也可以追根溯源到认知。

情绪是最方便的入口处。当情绪来临,去觉察我们的身体有什么样的反应?在什么部位?为什么有些人得胃病,有的人得心脏病,有的人得肾病,有的人腹部、胸部、肩部、面部、颈部疼痛?这些都是不同的情感需求未被满足而得的病,情绪的能量就在身体的不同部位呈现了。我们从别人得的不同的病中,也可以知道他是什么样的关系出现了问题。身体的病都是关系病,都是情感病,如子宫的疾病代表夫妻关系出了问题;乳房的疾病代表亲子关系出了问题;左边头痛跟父亲的联结不好;背部痛,背为阳,腹为阴,是对哥哥或者丈夫经常有评判;脑鸣和耳鸣跟妄想性焦虑有关。

情绪后面是什么?是情感,是需要与价值的满足和认可,是什么样的需要、什么样的价值没有得到满足和认可呢?背后有什么样的情感记忆?有什么样的原生情结?情感后面是什么?是认知,是角色与关系。情绪背后有什么样的认知?有什么样的标签和记忆,有什么内在誓言吗?有角色的错位吗?原生情结与内在誓言后面是对人格形成有重大影响的原生事件,去回溯与梳理原生事件,与当事人进行双向合理化,撕去过去单方面所贴的标签,在心态上把过去的认知进行归零,角色进行归位,认知进行调整。归零后把那些童年贴上去的标签撕去,重新对认知模块寄放或者投放在情感记忆底片上的标签进行清理、撕去。

那次艾稚从祖师道场回来,不见老禅师常法,老神就引导艾稚对愤怒的情绪做过一次回溯与梳理。

老神首先引导艾稚去感受身体的反应。艾稚当时觉得愤怒的感觉主要集中在腹部,这是依恋需要得不到满足的愤怒。在老神的引导下,艾稚似乎回到了婴儿时期,那个小小的艾稚想要母亲留在身边,但母亲无论她怎样表现都必定会离开,甚至以欺骗的方式离开,这让小艾稚非常愤怒,全身每个细胞都在愤怒着。

老神又引导艾稚回溯原生事件。

艾稚出生不到一个月就被送到外婆家,妈妈一个人在二十多里外的农村小学教书,那时,交通不便利,每个周六下午,妈妈才会回来看小艾稚,周日吃过晚饭妈妈再回学校去。因为妈妈每次的离开,小艾稚的依恋需求得不到充分的满足,因而产生依恋情结。而且无论小艾稚怎么表现,妈妈都必定会离开,于是小艾稚给妈妈贴上了坏妈妈的标签,并形成了这样的情感记忆:妈妈是不接纳我的。也因为小艾稚认为妈妈是不接纳自己的,于是给自己贴上了这样的心理标签:我不够好,我没有价值,我不配得到。

老神告诉艾稚,你的这些认知、情感都来源于你对此事件的单向认知,回家以后要双向合理化,和妈妈沟通。这次回家,通过与妈妈的沟通,知道爸妈都很爱他们的女儿。爸爸三十得女,视若掌上明珠。妈妈当然很爱她的女儿,所以不管刮风下雨、炎炎夏日或是寒冷的冬季,她每周都必定走几个小时的乡间小路回来陪伴她的女儿,妈妈因为要上课,要挣钱养家,每周必须离开,那是没有办法的事,她又何尝舍得离开她的女儿呢。艾稚和妈妈也谈到,似乎妈妈爱妹妹多一点,爸爸爱自己多一点。妈妈讲,小时候艾稚像个男孩子,懂事听话,基本不用操心,是妈妈的好帮手,而妹妹小一些,身体比较弱,会多照顾一点,但对于两个女儿,爸妈都一样关心和爱,他们姐妹都好父母才安心,只是爱的方式会有不同,但那份爱是绝对不用怀疑的,而且每一份爱都是完整的。和妈妈的沟通,破除了艾稚"我做得再好父母也会离开我"的潜在认知。

另外,作为老大,艾稚总是希望父母是最爱自己的,而妹妹出生后,艾稚觉得自己被忽略了,潜意识认为是妹妹夺走了父母的爱。为了争夺父母的关注,艾稚努力按照父母的标准或者自己认为父母喜欢的标准塑造自己,但她发现,这样仍然不能得到父母足够的关注,"我都已经这么努力了,我都已按照你们的想法塑造出了自己,你们还忽略我,爱别人而不爱我,那我还要你们干什么?"于是艾稚自己做起了自己的父母,在情感上隔离了真实的父母。小的时候,我们作为孩子常常纠结于父母爱不爱自己,怎么爱,而这只是我们自欺欺人的一种感受而已。因为在当时的环境下父母怎么做,一定有他们的考虑,我们很多时候并不了解父母为什么会这么做。父母认为都是孩子,都需要关爱、关注。爱是一直在的,不会只爱一个。各有各的位置,每一个都爱,只是爱的方式会有差别,但爱不会因此就不完整,每一份爱都是完整的。只对一个人好,这是不合理的,是自私的不成熟的表现。相信父母亲一定是爱你的,不过可能是没有按照你要求的那种方式爱你,你的这种感受力和理解力跟父母亲的这种爱的输出和表达力不在一个频道上。没有哪个父母真的不接纳自己的子女。只不过他的那种表达方式不是你所想要的那种表达方式,或者是我们可能感受不到的表达方式。因为我们总是理想化啊,理想化父母对自己的表达方式,既然理想化了父母对自己的表达方式,我们对父母对自己的表达方式就不能合理化了啊,那就没法合理化了。

老神还说,以情绪为入口进行清理,重要的是要找到情绪背后的认知和模板,调整认知,修正模板,这样今后类似的事件就不再能够影响到你了。模板是每日一点一点建立起来的,如果我们能每日三省吾身,时时觉察,就能终止旧模板的自动化反应。我们再每日一点一点地建立新模板,当下每一个转念都是在建新的模板,每一次改变都是新模板的建立。这样久而久之,我们就在不知不觉中替换了模板。人的改变就是这样一种状态,是在这样不知不觉中改变的,一次次改变,一次次强化,人格模板的清理和修正就是这样完成的。

艾稚就是这样按照老神所讲的这种方法不断清理自己的情绪,渐渐地,艾稚变得轻盈起来。

一天,闺蜜欣欣和丽子来看望艾稚,丽子说起单位领导,一副不服气的样子。说单位领导每天在办公室就下象棋、斗地主，啥都不干，然后一出来就问你这个事做了没，那个事做了没，不如他的意就开始指责。丽子觉得看到领导就烦，心里特不服气，虽然嘴上答应着，但心里，哼，你自己怎么样？还制定什么制度？以前考勤没那么严，现在还装了打卡机，要打卡，按指纹、刷脸。以前也没说在打卡之前换工作服，后来开会又说，工作服在打卡之前就要换好。然后他们自己呢，有时在八点一刻、八点半才过来，我们就特不服气。我们就说那制定规则的人是不是要遵守这个规则呢？有时候跟同事说起来还是很有情绪的。

艾稚告诉丽子，当我们感受到内在强大的看似莫名的情绪驱动时，可以转身看看内在推动这股情绪能量的观点及需求是什么？艾稚又按照老神的方法从四个方面引导丽子觉察自己的情绪。为什么会有情绪呢？跟认知有关，情绪就是从认知里面来的，角色与关系错位了。他是领导，你是员工，他制定的制度你执行、去遵守就行了，为什么把自己放在了领导的领导的位置上去审视他，而不是以一个员工的标准去要求自己呢？领导怎么做是他的事情，你做好自己就 ok 啦。

艾稚问丽子："领导的工资是你发吗？"

丽子说："那当然不是我发的。"

"领导每天下象棋啊、斗地主啊，这个是你看到的表象。他坐在这个位置上，没有上面领导对他的认可，他也做不到

184

吧。那你看到的就只是你在合理化自己的时候再找他不合理化的东西来合理化自己吧。"

丽子笑着说："对,我就觉得我这个情绪是应当的,你就是那样做的嘛。"

"我们再接着来,当你这个单位出了问题的时候,你不会有任何问题吧?"

"是的,领导挡着呢。"

"单位出了事是他挡着,是他的问题,是吧? 你没问题,对不对? 然后他下象棋、喝茶的时候你看到了,他在领导面前委屈,他在大领导面前表现的时候你看不到,对不对? 然后呢,他也不领你一分钱的工资,他多少钱也是上面给他发的是不是? 不占用你的空间对吧?"

"是的。"

"这个你是不是就从认知上找到了一个什么样的情绪来源了呢? 任何情绪的产生都从角色与关系的扭曲联结开始。"

"对,跟角色错位有关。"

"你是什么角色来跟他建立这种关系的? 如果你是用员工的角色跟领导建立关系,在现实生活中他本身就是你的领导,你就是他的员工。那领导管理员工,这是符合法理的,是吧? 当你用领导的领导这个角色去指责,那你是不是在内心当中映射了,就是说照见了你情感里面的这个严酷的家长的影子,触动了你的情感里面的标签记忆。实际上,你不单纯是把他当领导了,这个时候与你在过去现实生活当中,你的某一个严酷的家长或者说你不想看到的某一个严厉的家长出现有关。你有没有映射到你父亲可能是这样的人呢?或者说你平时不喜欢的某一个人是这样的人呢?"

欣欣想不到艾稚这么犀利,在一旁夸艾稚"士别三日当刮目相看"。

丽子说:"有,是这样的。"

"你看,你把你情感里面的原生情结和原生事件忽略啦,你是从认知的角色和关系的错位扭曲这一点找到的,但是这个还不足以让你的情感真正地平复下来,是这样吗?"

"对,我是强迫自己接受角色的安排的。"

"你是把你的情绪强行地压制下去了,但是并没有归到源头上去,是不是?连动反应啊。就是说,你在否定 A,实际上你的那个 C 出现了,明白了吗?你要把 A 否定掉,实际上就隔离了 C 的出现。你否定 A 实际上就是隔离 C,情绪的产生就是在这一刻当下里映射了你原生事件里、情感记忆里 C 的出现,也就是说有一个严酷的父亲或尊长或母亲对你的这种管教,然后你在内心当中不接受,不愿意接纳这种管教,你内心当中一直想反抗,是不是这样?"

"对。对领导有情绪,映射了我以往的被家长严酷管教、

186

严格要求时我的这种反抗,然后就投射到领导身上了。"

"你把它否定了就等于是你否定了不想见到的严酷家长。你就把他们隔离掉了。有没有道理?这个跟领导真实的所说的东西已经没有多大关系了对吧?你是在跟自己过不去了。但是你要在现实生活中找出一大堆,什么下象棋啦、喝茶啦,什么搞规定、打卡啦。现在哪个单位不打卡呢?这个实际对于你来讲并不是你不能接纳的理由,你后来不是做得很好吗?你一旦把情绪和情感、认知通道接连打通,四个归一,四个模块合成一个来追溯来注视,是不是就更加能找到这个情绪的源头了。"

"是的,这样就归位得心服口服了。"

"一个是角色归了位,还有一个是情感上一码归一码,对不对?立马就觉察到对这个领导的否定,实际上是想在心里隔离那个严酷的家长,对不对?"

"是的,是的,还有那种刻舟求剑般的投射在里面。从情感上来找,自己小时候成长过程中被严格要求,被严厉对待的真相,对待领导这件事确实是自己错了。"

"那现在这个情绪释放出来啦?合理化啦?"

"是的,合理化了,平复了,彻底接纳,归到源头上了。现在我会这样想,领导上班不是像我们这样每分钟都在做事情,他考虑的和我们不是一样的,他要考虑和上级的沟通,跟他们关系的联结,跟我们做的是不一样的事情。他迟到了他要去大领导那里点卯去。领导找他谈话,他需要跟员工汇报吗?不需要管他的事,只需要管好自己的事。这样就不越界了,角色就不错位了。"

丽子又说她受不了老公的儿童态。艾稚告诉她,你关注什么就是刻意打压什么,你回避什么说明你在那个地方有痛点,你越回避什么你越是那个地方没有得到成长。正因为你的儿童自我被父母自我所压抑,你的内在小孩没有得到足够的成长,你就不能接受、承认老公表现出来的儿童态,实际是自己被压抑的儿童自我没有吼出来的情绪。从小,你努力做一个乖孩子,实际上是自己塑造了一个理想化的父母,自己做起了自己的父母,那个真实的小孩子真实的需求就被压抑了,她一直没有长大,这成为你的心理痛点,你老公儿童态的表现,正好按动了你的这个心理开关。其实,这种情绪不只是你,我也有。我的老神老师就常常在我面前表现儿童态,刚开始我很愤怒,现在通过反复清理自己的原生情结,呵护内在小孩成长,到后来看到他的儿童态,就没有情绪反应了。"

欣欣问:"什么是内在小孩呢?"

艾稚告诉她:"内在小孩就是我们在成长过程中不断受挫的自我。其实,内在小孩就是我们的潜意识,就是潜意识里面隐藏着的自动化反应模式,我们就是被这种自动化反应模式所制约。内在小孩既是情绪的结合体,也是我们意识斗争后的结果。我们每个人都有一个内在小孩,当一个人的发展受阻,情绪,特别是愤怒或受伤的情绪被压抑时,他心里就会装着一个易怒且易受伤的孩子。当他长大之后,这个孩子就会随时跳出来,影响他成年后的行为。那个被忽视、被伤害的孩子会在类似的情景中突然爆发或失控,失去成年人该有的理性,说出不得体甚至伤人的话,或做出不符合自己年龄及身份的甚至伤人的行为。"

"怎样才能让内在小孩得到成长呢?"

"我们很多人都在塑造大众喜欢的一个自己,日子久了,就以假为真,终日生活在假我之中或者儿童化自我之中了。内在小孩害怕被抛弃、被忽略、被边缘化,害怕不被接纳、不被欣赏、不被认可,我们首先要认出他、找到他,用成人自我的方式陪伴、安抚、保护、欣赏、认可、合理化、接纳他,再引导他。陪伴是最长情的告白,陪伴意味着付出时间和关爱,心在此处,而不是身体和他在一起,心却到别的地方了。要像对待热恋的爱人、最宠的孩子,在他感到厌倦、感到恐惧、感到寂寞、感到被轻视或被排斥、遇到意料之外的刺激时,全副精力关注他、关心他、关爱他,三关到位,让内在小孩的需求得到释放:就像对待所有关系一样。'尊重、倾听、引导、合作',不断激活小女孩的情绪,让她得到释放,不断陪伴她成长,让她体会到成人化自我的快乐,然后学会成人化的沟通与交流。具体操作还是多去看看约翰·布雷萧的著作《别永远伤在童年——如何疗愈自己的内在小孩》、陈公的著作《原生家庭》《内观自在》等书,要想得到一个共同成长的团队,你可以参加陈公的原生家庭与幸福人生工作坊。"

然后,艾稚又学老神的样子带领欣欣、丽子和内在小孩对话。

艾稚用轻柔的充满磁性的声音对闺蜜说:"我们身体里都有一个小男孩、小女孩,感觉没有被爱。得到爱与尊重,那是自然的需要。因为父母从来没有得到过。他们生活在一个不同的时代,那个时代他们生活更艰难。在我们的父辈和祖父辈,没有很多的空间给到爱。所以那一代的小男孩、小女孩,试图去掩藏心中的伤痛,我们就是这样去过我们的人生的。我们变得很强壮,但仍有一个形象,有那个小男孩、小女孩的形象,他们渴望被爱,我们没有感受到爱,我们需要去赢得爱,我们要去证明自己我们值得被爱,只是看在你的生活当中有没有认出这一点。这就是我们为什么不相信爱,即使有一个人我们非常喜欢非常爱,然后他(她)对我们说,我爱你,通常内在会有一个声音:'他怎么会爱我?'我们不信任,我们怀疑,我们认出这一点了吗? 如果我们相信我们不能被爱,那么我们就会对那些说爱我们的人怀疑。所以学习去爱自己是一个最基本的功课。否则的话我们就是将人放在一个距离之外，我们只希望他们看到我们很好的那个形象，我们不希望他们看到我们内在是不被爱的、不值得的。

"现在请闭上眼睛，让我们和我们内在的那个小女孩联结。记得那个小女孩，那个小女孩只是想要被接纳。她是她本来的样子，但是她从来没有得到过爱。不论我们如何地努力，去做到足够好，得到父亲的尊重，或者是妈妈的爱，但是不管我们如何地努力，那总是不够，我们总没有感觉足够好，那不是这个孩子的错，那只是因为父母没有办法给予。那不是这个孩子的错，所以去感觉那个内在的小女孩，那个想从其他人那里得到爱、得到尊重的小女孩。但是没有人可以给我们需要的爱与尊重，因为没有人理解我们。没有人能真的感受到我们的需求和渴望。你是唯一可以给予的那个人。因为你在评判你曾经是的那个小女孩，你也用父母的眼光去看他们，然后评判她好或不够好，那个小女孩一开始就不值得被这样。

"现在，只是把手放在心口的位置，去感受，把呼吸带到胸腔的中心，只是去接纳那个小女孩。那个天真的小女孩曾经觉得自己错了，她不够好，然后你告诉她：'你没有错！你是无辜的。'那些你无意识捡到的信息，让你相信你不够好的信息不是关于你的，他们只是其他人的无意识。但是你没有错。你很好，你只是你本来的样子，你很可爱，你只是你本来的样子,你被存在爱着,否则你就不会在这里。而存在是如此爱你,它不能拒绝那个诱惑去创造你,你去告诉那个内在的小孩,因为你已足够好,才让存在邀请你来到这个世界,那就足够了,你足够好。你不需要任何人的允许,或者去证明,去享受你的人生。你不需要去赢得爱。"

最后艾稚问:"欣欣、丽子,几千年来,集体无意识对于我们的观念植入,让我们对于完美的标准不是建立在对生命的尊重之上,而是对约定俗成的所谓好坏美丑的标准盲信盲从,从而只见森林,不见树木,是这样吗?"

欣欣和丽子回答:"是。"

"欣欣、丽子,西方的维纳斯让我们在欣赏美的同时,同时接纳了她本来的样子,也同步照见了我们内心的美,是这样吗?"

欣欣、丽子回答:"是。"

"欣欣、丽子,释放内心的美,接纳你本来的样子,也同步照见他人内心的美,无须外求,无须依赖,本自具足,是这样吗?"

欣欣和丽子在完成这次冥想后,全身心放松下来,感到前所未有的宁静和欣喜。欣欣拥抱着艾稚,欢喜地笑着。

艾稚也沉浸在闺蜜的喜悦之中,说:"真好,谢谢你们的信任。有时并不容易和内在小孩联结的。我们有一些抗拒,我们在抗拒我们自己,然后我们就变成其他人的乞丐,请你爱我,我今天感觉很好,请你对我好,请你夸赞我、认同我,我们是乞丐。如果我们能给自己需要的爱,你就不需要成为一个乞丐。凡经人事,必过三关,时时都关心、事事都关注、人人都关爱,这是我们人生当中最重要的一个课题。"

欣欣、丽子决定跟随艾稚一起学习人格模式心理学和全息心学,她们也要成为内心强大、心中有爱、自利利他的人。

第十六章 发现原生家庭"病毒"的复制

你越来越像妈了。

妈妈是个很霸道的人。

姐,你帮我也分析分析,"那我要怎么办呢?"

有一天,妹妹艾慧说:"姐,你越来越像妈了。"

闺蜜欣欣也附和:"真是这样。"

这让艾稚警醒。妈以前是老师,凡事追求完美,她教的班级如果只考到年级第二名,她一个假期都会念叨此事。艾稚爸生病时医生开的药,妈妈都会一一上网查过。外甥女成绩很好,但妈妈看到外甥女玩了一阵电脑或是看了一会电视,就必定喊她学习去。

从妈妈身上,艾稚无意识地习得了追求完美的模板,从小事事都要做到最好。艾稚不仅对自己要求高,对老公的预期也不低,后来有了儿子,艾稚将这样那样的期望、将自己童年未满足的愿望全都投射到儿子身上。如儿子两岁多即被送去学电子琴,结果儿子用脚去弹,从此弹琴成为往事不再提。让儿子去学跆拳道,他待在那里压根就不动手脚。看到老公、儿子都不按照自己期望的方向发展,艾稚只好作罢。

妈妈还有古板的特点,缺乏灵活性,艾稚也一样。妈学做海参,几克海参配几两水一定要搞得清清楚楚,步骤必须严格按照烹饪教程上的一步不差。而艾稚学做葡萄酒,有一道工序是要将葡萄捏碎,艾稚是一颗颗捏的,后来欣欣过来帮她一起捏,一次捏一把葡萄,艾稚才恍然大悟,我怎么没想到呢?

妈说她小的时候总是担心以后钱从哪里来,艾稚也担心自己老了钱越来越少,会不够用,在金钱方面没有安全感。妈妈的情绪表现是焦虑、紧张多,轻松愉快满意少。艾稚的神经虽然比较大条、遇事比较冷静,但照样缺乏幽默感,平时难得放松自己,总喜欢把自己弄得繁忙、紧张的样子,生活过得很严肃。妈妈的身体看起来有些硬,脸上的肌肉也比较紧,平时身体肌肉就习惯性紧张,说话时嘴角喜欢用力,生怕说不明白。而正因为说得太用力,其身体、言语因显得过于认真而让对方也容易跟着紧绷。而这个,艾稚和妈妈几乎一模一样。艾稚不喜欢妈妈说话时嘴唇用力的表情,有一次看自己的影集,艾稚发现照片中自己常有那种表情。爸爸妈妈是孝顺的,艾稚、艾慧都是孝顺的,孝顺是姐妹俩的信条。爸妈说话很直接,艾稚也习得了这种与人交流的方式,缺少圆融,过于刚强。爸爸妈妈的相处是比较平和的,很少吵架,妈妈相对强势一些,虽然爸爸的职位看起来高一些,但从来只有妈妈埋怨爸爸,爸爸是从不埋怨妈妈的。艾稚虽然表面柔和,内在却是极强势的,是家里实际的主导者,这和妈妈在家的主导地位也是一样的。

这样一想,艾稚吓了一跳,以前一直以为自己在做自己,却发现自己不过是父母的翻版。妈妈的依恋、强迫、古板型人格,艾稚是有的,爸爸的回避、偏执、孤独,艾稚也是有的。就是和教授的相处模式,也不过是父母相处模式的再现。

欣欣也发现了自己新生家庭中的关系模式与原生家庭的关系模式有着惊人的相似,她和艾稚分享:

"小的时候妈妈和爸爸总是因为钱争吵,妈妈会买一些东西给家里,可是爸爸总是说妈妈乱花钱,害怕日子没法过了。妈妈因为爸爸不给她钱,有时候会悄悄去爸爸衣袋里拿钱,爸爸发现了就会说妈妈是小偷,是贼。而妈妈总是会跟我说,都是因为你要钱,我才去拿的,结果被你爸爸骂。我则会觉得都是因为我,妈妈才去做错事,所以我是个坏人,给自己贴了一个很糟糕的标签。他们很多年都在为这个问题吵架,吵完了妈妈总是会跟我说:'要不是因为你们两个,我早就走了。'所以我可能一直都认为是我的存在导致了妈妈和爸爸吵架、生气,他们的难过和痛苦,都是因为我,以为我是他们痛苦的根源。很多时候我很希望自己消失,这样可能他们就会好过些。很多年我都认为自己是个倒霉蛋,谁挨上都会倒霉的。现在最害怕的是跟人提关于钱的要求,比如去推销东西给别人,总觉得是自己要去赚人家的钱,是不好的,人家一定是会有想法的,好像自己是去跟人家要钱似的,是个坏人。所以总是无法突破这个节点,不敢去做,也总是做不出来,一想着要去做心里就会很痛苦、折磨。其实这所有的都是害怕别人不接纳自己,害怕遭到拒绝,害怕自己会因为拒绝而感受到伤害。纵然自己知道自己拿的都是好东西,却还是不敢去示人,害怕别人会认为自己不好而抛弃自己,最根本的还是自己不相信自己,觉得自己不够好吧。

"跟爸爸要求被拒绝的多,跟妈妈要求却是被禁止的多,爸爸是不给,妈妈是不准。爸爸不给是因为他觉得没有,我的要求是不应该的,他的内心匮乏感超强大所致。妈妈不准是因为她觉得不可以,所以不允许,她的规矩很多,只有她认同的才对,别的一律不对,不可以,而且必须执行。这点现在想

197

来,来源与姥爷对妈妈的教育所致,姥爷就是这样对待妈妈的,非常控制与霸道。

"妈妈和爸爸的关系总是不和谐,都在向对方索取爱,却又给不了对方想要的爱,妈妈嫌爸爸不会疼爱她,不体贴,爸爸嫌妈妈糊涂,不讲理,不理解他。在我的记忆里他们总是在吵架,妈妈脾气大,气盛,吵起来很是厉害,总是占上风,爸爸弱势一点,就会唉声叹气地坐在一边。妈妈跟爸爸吵架之后一定会拿我撒气,把我当成出气筒,一再地说都是因为我,所以她才会受气,要不早就走了,而我只会不吭声,悄悄地,既怕他们吵架,更怕妈妈会走掉,不要我,一直跟自己讲'我忍',虽然我不开心,但是我一定得忍,不忍就没家了。

"妈妈是个很霸道的人,控制欲很强,加上她跟爸爸的关系不好,从小被控制,被边缘化的她,在丈夫那里没有找到依恋和抚慰,就把所有的希望、注意力都放在了我的身上。

"我觉得她是在我身上做了她自己,她塑造的是她自己。妈妈是希望我以后要比她过得好,同时又希望我能为她争气。一方面替我包办代替很多事情,总以为我还是那个小小的婴儿,我被压缩成了一个'低能儿',一方面又对我管控极严,恐惧的心理让妈妈总觉得外面很不安全,她想要尽自己一切努力来保护我,而她是个家庭妇女,不工作,待在家里也很少出去,外面的世界让她恐慌,于是就只好封杀我的出行,这也不让,那也不让,阻挡着我向往外面世界的心。初中时跟同学约好一起出去玩,等到同学来家里叫我时妈妈死活不让去,害怕妈妈的我就只好让步不去了。除了害怕妈妈,看见妈妈那么紧张害怕激烈的情绪,我也是不忍心去违背妈妈。有朋友来家里玩,妈妈觉得老实的人就喜欢人家,跟人家聊天,觉得不喜欢的在她认为是比较'奸猾'的就总是不让我跟人家交往,一来就唠唠叨叨的,害怕人家会害我。小时候我不知道该如何取舍就不吭气,妈妈会比较委婉地劝人家走,慢慢的同学就不来了,初中以后我大了一点逐渐地有了自己的主意,就不理会妈妈的话,而且觉得自己也不是没有主意的人。妈妈总是认为我是个没头脑的人,在妈妈面前不听话她不高兴,太听话了她又害怕我吃亏,觉得我没主见可怎么办?现在想来一个自己事事想要掌控、很有主见的妈妈又怎么不会传播给她的女儿很多她自己的能力呢?哈哈,尽管她的女儿表面上很听话顺从,骨子里也是喜欢掌控局面的,强烈的没有安全感的人一定要自己心里有底才会觉得安全一些。就在我们母女彼此的纠缠中我慢慢长大了。

"爸爸的生命里也是充满着悲哀,而妈妈的强势又让内心软弱的爸爸更加的无力,小时候被后母虐待的遭遇让爸爸内心对生活、对金钱有着极其强大的匮乏感,总是害怕没有钱了怎么办?就很舍不得。而妈妈家里的家境还是很好的,她就

199

要比爸爸大手得多，在花钱这块也是他们一直意见不合经常争吵的主因。现在也是我和丈夫争吵的方面。父母不同的价值观让我迷糊，有时候我会很'抠'，有时候又很舍得。爸爸的'抠'成了我一生的痛点，丈夫也'抠'，一说我花钱多，我就会被点着，曾经被爸爸因为花钱斥责的痛点就暴露出来，就会认为他不愿意给我钱花，不爱我，自己仿佛受了多大的委屈似的，同时我的反应又何尝不是妈妈的写照？在某种意义上我是站在了妈妈的角色上为她'鸣不平'。有些时候我甚至会想，我是不是和妈妈合二为一了呢？

"我现在也在做家庭主妇，和老公的关系几乎是母亲和爸爸关系的翻版。在原生家庭的时候，我不会发脾气，但是结了婚后，不自觉向妈妈仿同的地方慢慢地涌现出来，跟丈夫也会发脾气了，攻击性还挺强的，仔细观察自己俨然是妈妈的翻版，非常自以为是。吵架成了我和丈夫的必修课。在父母的家庭里，我没有学会妻子和丈夫的应对模式，家里只有父母对孩子的模式。在我的新生家庭里，我一样不知道怎样做妻子的角色，在丈夫面前，要么以父母角色出现，要么以孩子角色出现，不是在索爱就是在攻击，我不知道妻子的角色应该是怎样的，怎样做才符合妻道。唯一突然会了的就是用攻击来表达自己的愤怒，丈夫的一句话勾起我在原生家庭的痛点，我就会立刻去攻击他。丈夫做事情没做好，我也会去指教他。他自然不高兴,也掀起了他的原生痛点,就会跟我大发雷霆,两人都怨气冲天。我不止一次地想,不想要他了,扔掉吧,反正我们也很多方面都合不来,价值观也差别很大,这么多年像是一个孩子带着两个孩子在生活,累得很。"

听了欣欣的分享,艾慧迫不及待地抛出自己的问题:"依父母是我们的人生模板的理论,那我和艾稚怎么有这么大的不同呢?艾稚强势,我则顺从;艾稚喜欢往外面跑,我则比较喜欢待在家里;艾稚喜欢做家长,我则喜欢做小女人。"

三个人觉得这是个问题,七嘴八舌地开始分析。欣欣说:"这个跟家庭排行有很大关系。老大在年幼时独享父母的爱,所以最怕被夺走爱,长大了也总是期望爱人把自己放在第一位。父母对大的、小的,在期望上也会有很多不同,比如说父母总是要大的让着小的、照顾小的,大的要比小的懂事,所以很多大的常常害怕被要求,对此心中有怨气。小的总是被要求要听哥哥姐姐的话,所以常常要么顺从,要么叛逆。家里小的常常一辈子被哥哥姐姐当成小时候的那个小孩子,他(她)在家里的意见常常不被重视。"

艾稚也讲:"虽然我和艾慧的基因来源一样,但我们每人的来历不同,每人有每人的业力因果,感召的信息也不相同。比如说,你看到爸爸妈妈吵架,你会害怕,我则会指责他们,或者在他们中间做和事佬。你在做孩子,我在做他们的父母。

一娘生五子、五子各不同,兄弟姐妹虽然在一个家中长大,家庭环境也是不断变化的,就是同样一件事,由于每个孩子的成长敏感时期不同,择取的信息和关注的点也是不一样的。就像我和艾慧,都从父母那习得了孝顺的模板,但我们每人的表现形式是不一样的,我是给钱给物,要什么给什么,艾慧就是陪伴,做他们的贴心小棉袄,而我呢,陪父母几分钟心就跑了。"

欣欣讲:"艾稚,我知道我为什么喜欢和你在一起了,你像我妈。"

艾稚轻轻打了她一下,说:"算了吧,我才不做你妈呢。"

欣欣忙着解释:"不是说你真是我妈啦,而是你的风格很像我妈,大包大揽,当我遇到什么困难时,跟你一说,好像就啥事都是小事,甚至是我在杞人忧天了。这让我有安全感。然后你老人家像个男人够义气,帮人不留余力,是我理想中的男人风范。艾稚,欣欣爱死你了。"说完,给艾稚送了个飞吻。

艾慧则说:"我最讨厌我姐指责、要求我了,好像她是爸妈一样。"

艾稚横她一眼:"请你搞清楚,我哪里是爸妈啦?"

艾慧拉着欣欣,毫不退让:"你看,这个样子是不是像蛮横不讲理的家长?"

欣欣也笑着起哄："就是这样的。以后不要在我们面前摆这种派头,要摆到你儿子那摆去。"

艾稚对着她俩,开始反击："好,以后你们就都不要我管。欣欣,你看看你对你女儿的方式吧,跟你妈妈对你有多少区别?"

欣欣:"是啊,我们何尝不是在依着他们的葫芦在自己的孩子上画瓢呢? 我总是要求孩子必须按照我的规矩做,而不允许自行其是,她的朋友都要经过我这一关,认为可以交往才行,我又总是觉得她不够开朗,成绩不能名列前茅,嫌她不够好。"

艾稚:"你的问题就是你仿同你母亲的控制,但你的母亲是能够控制你爸爸的,而你老公对你的控制满不在乎,你控制不了老公,就去控制你的女儿,你的强是外强中干的强,色厉内荏。你控制不了你的女儿,因为你女儿把她爸爸当成了仿同的对象,对你的控制不以为然,所以你会觉得没有价值感,就总是矮化自己咯。你女儿不是喜欢画画吗? 她不愿意受你控制,就沉浸在画画里找快乐。你不能如你妈妈一样控制老公和女儿,你感到失控了,你的无价值感、无力感就都来了。丈夫无法控制,儿女无法控制,我们到底能控制谁? 丈夫无法改变,儿女无法改变,我们到底能改变谁?"

"你这不是哪里痛挫哪里吗?"欣欣做委屈样。

艾稚拍拍欣欣的手："你就和本小姐一起好好学习，成长自己，咱们不控制他人，只控制好自己，控制好自己的这颗心，强大自己的这颗心，不好吗？"

欣欣笑着说："好啦，大小姐。"

艾慧说："我也要。"

艾稚高兴地回应着："好啊好啊。"

艾稚跟两个好姐妹分享："其实我也是发现我人格的病毒在儿子身上呈现后，才认真学习人格模式心理学的。在你们眼里，我是不是看起来能说会道，但实际上，从小到大，我的心思尤其是受委屈或者是我认为不能得到别人认同的事情，我是从来不与人讲的。儿子小的时候，做作业磨蹭，我陪在旁边，心里很窝火，但我从来不会发泄出来，表现得很有耐心，按理说别人应该不知道吧，但经过学习，我发现，这种阴性的能量全部被我儿子接收到了，他也习惯用一种压抑的方式，在家里、在学校受了委屈从来不讲，一个人待在那里生闷气，发呆可以发几个小时，随你怎么问就是不吭声。我不是希望他积极面对问题吗？但是他遇到困难，就自我矮化，说自己不行，这不是我内在对他的评判吗？你不要以为你不说，孩子就不知道，孩子有你二分之一的基因，他能够接收你的信号，解读你的信号。你说可怕不可怕？在我儿子身上，也开始呈现我回避型人格、强迫型人格的部分特点，但他的

204

强迫在头脑里,他在意识里觉得自己要按照老师、父母的标准做到最好,但那不是他内心真正要的,是他不愿意去做的,因为那是外界加给他的标准和要求,是父母的期望,他在行动上就没有动力,两种能量对掐,所以常常很纠结,耗费很多能量,呈现出癔症型人格的特点。他还有一个习惯,喜欢一个人待在房间看书或者画画,这是孤独型人格的特点,这些我不期望的特点他都有。上次老神跟我讲,我是支配型的人,我还不承认,现在想来,我表面温和,内在强势自大,接受不了拒绝。为什么欣欣能够接受我?因为欣欣妈妈的支配是有过之而无不及,欣欣把与母亲的关系投射到我的身上了,对欣欣来说,我的一些表现是你所熟悉的,属于你的心理舒适区,你可以像当年依恋妈妈一样依恋我。我的儿子为什么显得有些懦弱?是因为他有一个强势的妈,他就只能压抑自己的天性了。一个强势的母亲,对于家庭来说是一种悲剧、一个灾难。"

"姐,你帮我也分析分析。"

"以前,你们两口子把悦悦丢在妈妈那,自己带的少,悦悦习得了很多爸爸妈妈的特点,如强迫性追求完美啦、争强好胜啦等等。但悦悦也有你依恋型、巧妙妥协型的特点,有她爸爸自恋型的特点,阳性能量还是比较足的。但有一点,她跟爸爸沟通得比较少,有什么事情需要找她爸爸,都要通过你传话,这个需要调整,因为女孩子跟爸爸的互动模式很容易带到跟老公的互动模式上去,今后她可能会缺少跟男性亲密交往的模板。另外,孩子的人格和行为方式往往来自自己隐性的被压抑的能量,悦悦可能会跟我一样,会有性别角色错位的问题,不接受自己的女性身份,不能享受做女人。你老公家不是一直希望生个男孩子吗?这种能量会影响到悦悦。你在悦悦出生时不也是有些失望吗,心里希望她是个男孩。这些意念的能量都会影响到她。"

"那我要怎么办呢?"艾慧问。

"在自己的意识里调整。重男轻女的思想来自哪里?来自被扭曲的集体意识,来自文化对我们的观念植入,让我们对于性别的认知不是建立在对生命的尊重之上,而是对约定俗成的思想的盲信盲从,一画开天地,天地分阴阳,阴阳本自相依相成,没有哪一个就没有哪一个,哪有好坏的差别呢?当你自己放下重男轻女的思想后,再去向女儿道歉,做一个沟通,帮助她释放来自母亲不接纳女儿的女性身份的负性能量。另外,跟你老公谈一谈,告诉她和女儿不能建立好的联结对女儿今后的影响,他一定愿意为此做出改变。"

欣欣也问:"那怎样才能做一个好母亲呢?"

"我们是孩子的原生家庭,不让原生家庭的病毒继续传播下去,只有在我们自己身上改变模式,如将依赖、依附、控制、要求改为合作关系。好母亲是一种陪伴式的,是合作伙伴,不可或缺的对镜对象。

"今天我把我师父传给我的八字秘诀告诉你们两位,欢迎多多外传。'尊重、倾听、引导、合作',不是评判,不是要求,用你的思维去替代他人的思维,用你的标准去要求他人。让别人做他自己,然后去感受、感知,感受其情绪起伏背后真正的动因,再做适时的引导和鼓励。母亲的角色、妻子的角色都一样,尊重、倾听、引导、鼓励。妻子和丈夫、母亲和孩子同样是一种合作的关系,彼此沟通,在意见不一致时,求同存异,合并同类项,没有什么妻子该做什么或者不该做什么,没有什么母亲该做什么或者不该做什么,如果各自活在自己认为对的标准里面,就合作不下去。建立战略合作伙伴关系,是亲密关系的体。"

"姐,你现在的进步可真大。我很佩服你在壮壮面前从不说教授一句坏话,倒总是讲他爸怎么怎么好、怎么怎么优秀的。教授也是一如既往地待你好。"

"那当然,我和教授就是壮壮的原生家庭。爸爸是儿子的人生模板,我们都要为壮壮树立一个好的模板。人在关系中,不过是不断重复着我们习得固化的人格模式,重复原生家庭中与父亲和母亲的互动模式,重复着与父母之间的互动模式或者是我们与母亲,或者是我们与父亲之间的互动模式。夫妻关系是夫妻双方的事情,跟孩子没有关系。孩子不需要为此负责,像欣欣妈,总是说为了她们姐妹俩才没有离开老公,那只会让孩子觉得都是自己不够好,爸爸妈妈才会吵架或是离婚等等。其实人都是自私的,哪里是为了别人,都是为了满足自己的需求与欲望而已。哪里是为了孩子,孩子只是一个借口罢了。"

欣欣回应:"你说得太对了。"

艾稚谦虚地说:"不过重要的是我们要把明白的道理活出来,我现在虽然初闻一些道法、理法,但遇到人生的功课的时候,还真不知道自己到底会怎样反应呢,还请两位学友随时提醒。"

第十七章　重建人格组合通道

历事炼心,怎么炼?

念头一转,心境是不是就不一样啦?

人格模式是怎样明方向、定方位、给方法的呢?

　　艾稚虽然觉得自己明白了一些道理和方法,但并不知道再遇到人生的功课时,自己会怎样反应。果然,考验马上就来了。

　　一天,教授找到艾稚,说他以前的一个科研伙伴叫稽奋的可能会来找她要钱。艾稚一听一个无缘无故的人要来找她要钱,就有些恼火。艾稚不耐烦地听教授讲事情的来龙去脉,烦躁中并没打算去搞明白事情是怎样的。根据教授的解说,艾稚大致了解到这个科研纠纷已经有一两年了，大致是有了国家级科研成果时，各合作单位来摘桃子了，而现在有了些问题，单位就把责任都推到研发人了，于是稽奋就纠缠上了作为项目负责人的教授。艾稚责备教授为什么不去跟领导说清楚，但教授只是叹气，说此人十分偏执，谁拢边就攻击谁，还时不时舞刀弄枪，喊打喊杀的，他也不想牵扯到其他人。艾稚责备他当时为什么不报警，教授说本来是那么好的兄弟，不想做得那么绝。艾稚对教授一人担当此事的做法颇为不满，怒其不争之余又颇为无奈。

过几天，稽奋果然来找艾稚了，稽奋长得牛高马大，艾稚曾经见过这个人。稽奋一张嘴都是教授怎么要不得、怎么背信弃义的，艾稚了解教授一贯善良的为人以及对待稽奋一事的态度，并不与稽奋理论，只是微笑着听，稽奋觉得很没趣。后来稽奋还来找过几次艾稚，一如既往的色厉内荏，威胁恐吓。但一面对警察，稽奋的态度非常好，毕恭毕敬，保证说以后不会了，但警察一转身，威胁电话就又来了。单位领导在教授报告此事之后，也只是打了几句官腔套话，对于单位所应承担的责任，依然是一推了之。

对于稽奋无休止的闹腾，艾稚终于有些烦躁起来。但看到教授人瘦了很多，想必承受的心理压力也很大，不由得心疼起来。想起几年前，教授为了把这个科研项目做成，以极大的热情和智慧投入到研发工作中,没有条件创造条件,呕心沥血,终于完成了一个国际先进、国内领先的科研项目,单位很多领导不仅知道,个别人还是参与此事的,稽奋的私人公司为项目出了不少力,但因为没有合同,教授的单位也不愿意给予补偿。稽奋闹完教授闹单位,还是没有一个领导愿意担当,各个金蝉脱壳,跟教授的项目竭力撇清。艾稚一看教授成了堵枪眼的,自然不平,一看教授不仅逆来顺受不说,对于艾稚建议找个律师去和稽奋谈教授也不接受,也不去跟领导沟通,更不愿将其他知情人说出来。艾稚觉得自己快崩溃了,她不得不拨通了老神的电话求助。

老神跟她分析,那个人是妄想性分裂型人格,正常时还好,一旦处在癔症状态里,便进入偏执性攻击型人格通道。多次威胁的目的主要是预期落差太大,要钱只是他极不甘心的一种自我补偿。

教授具有典型的癔症性回避型人格。当他在创造型癔症的时候,是很有创造力的。教授虽是一个聪明人,但他活在自己完美英雄主义的世界里,完全不知道合作者是一个什么样的人,合作一年多,人家就开始录音留证据,人家关了实验室教授还不知道是怎么回事,说明教授眼里没有去看到真实的他人。现在消极被动地处理事情,不主动与领导沟通,古板偏执地认为领导应该知道或者领导应该怎样,应该会保护自己

211

的员工,说明教授依然还活在一厢情愿拯救受难者的英雄情结里。

稽奋的妄想症一旦与古板偏执型人格、攻击型人格、歇斯底里人格组合,就成了分裂型人格。要想办法引导他更换人格化合通道,才能进行有效沟通。

在这件事上,艾稚有一种同样是受害者的感觉。

历事炼心,怎么炼?老神接着与艾稚分析。

首先,稽奋的威胁看似存在,但在艾稚头脑中明显放大了这种威胁,从而活在担心他人失控,害怕不能自控的幻相中。稽奋有懂法律的朋友指导,所有的行为只是在施虐中威慑,看着你们心里产生压力而获取一种快感补偿而已。你不被他牵着走,你把他当卓别林第二,看成是滑稽剧的表演者就是。每次他来了,你就去看他如何表演就好了。念头一转,心境是不是就不一样啦?

第二,这是教授的事,艾稚不用如母亲般要他这样做、那样做,他怎么做自然有他的想法,他的道理,尊重就好。他们之间的纠葛是教授和稽奋的因果,对于教授,艾稚有适当的感受,有适度的支持就好。与其对一个不择手段去达到个人目的的人担心恐惧,还不如在必要的应对和保护措施下,物来则应,物去不留,云淡风轻。

此事告一段落。

几日后,老神给艾稚说,为了让她更清晰地了解人格组合化合,特布置了一个作业,包含三个问题:一是你最经常性害怕的事;二是你最经常性幻想的事;三是你最经常性重复的事。

最经常性害怕的事说明自己在什么方面有原生痛点,最经常性幻想的事说明了自己未被满足的需求,最经常性重复的事体现自己的人生模板。经常性最害怕的事情往往会通过经常性最幻想的事情来稀释,或者覆盖,形成理想化满足;经常性最重复的事情往往会通过替代性满足和补偿性满足来疗愈内在未被满足的需求与不被内外认同的价值。

艾稚很快交了作业,老神给艾稚进行了一次人格组合通道的讲解、分析,对于要调整的部分做了详解。

老神说:我们随便来组个词,这个组合模式不同,它的这种阴阳能量反应给人的感受就不同,打个比方:"你好",这是"你"和"好"的组合,这是带有正能量的阳能量的,这是欢喜的;如果换一个"你滚",这两个字组在一起,会是什么样的反应呢? 情绪反应是不是就不舒服? 感觉上是不是就是被侮辱? 随之产生攻击后的反击? 两个字的组合,能量完全不一样。我们推而广之,放大到现实婚姻生活中,两个完全不同能量的人组合在一起,产生了互害模式,要不要解除? 要不要重组? 这种互害模式的解除就需要我们重新找通道,重新组词,组词就是重新找化合通道。

　　第一次见面我就分析过你的人格,回避型人格、强迫型人格是你内隐和外显的两种主体人格,强迫型人格是你主体人格里面的阳,回避型人格是你主体人格里的阴。为什么回避?因为你的依恋需求得不到满足,自己的很多愿望没办法实现,很多的理想化的东西没办法合理化,所以,你要强迫自己去做一些让你自己感觉到有价值的事情,有个说法的东西,无论什么事,你都要有个说法。然后你的回避型人格、强迫型人格的能量在癔症型人格里得到强化,人人都有癔症型人格,不要说你自己没有。比如为什么你会对总经理的眼神感到愤怒?就是因为他的眼神跟幼年的父亲或者母亲对你不信任的眼神一样,这触到了你害怕被否定的心理痛点,启动了你害怕被否定的心理程序,然后你自己在癔症里反复回味、放大了这种眼神。而对于总经理来说,可能只是他表达事情未按他的方式进行时的习惯性反应而已。从他对你的器重,绝对不是要否定你的人格。

　　癔症型人格有两大特点:一个是胡思乱想表演型,一个是奇思妙想创造型。胡思乱想的表现方式就容易在表演型上做功夫,一会是这个样子,一会是那个样子,始终晃来晃去的,不知道哪个才是自己真实的样子;奇思妙想就会去创造。这两种人格在奇思妙想和胡思乱想都得不到满足,怎么办?你就到古板偏执里进行自我强化,然后就变成了歇斯底里型,最后又跟分裂型人格化合去了,癔症人格如果强化了与分裂人格的组化合,就容易出精神问题。但癔症创造型人格与追求型人格化合,再与依恋顺从型,再与巧妙妥协型人格化合,就回到协调的轨道上了。

当你将"滚"的模式,换成"你好","你好"还不够时,换成"你美",是不是又不一样了?不要怕换,怕什么?要往好的方向换。

当你把胡思乱想的东西放到奇思妙想里去加工过了,你开始与癔症型人格、跟自恋型人格化合,然后,在自恋型人格里你就找回了自尊啊!你就找回了自信啊!我是有才气、我是能干的!因为奇思妙想的创造很容易得到别人的认可。半生不熟的菜,你加工了,你放了盐、放了糖、放了味精,搞得色香味齐全的,大家都爱吃,哪个不说,这个厨师有水平啊!你用心去做的嘛!当你跟自恋型人格化合,别人提了意见,你就能接受,你就不会那么反抗了,你就会巧妙妥协啦!然后你就会顺从啦!最后你就找到了一个依恋的主体,你就依恋型人格,最后你的人格模式就变成了:癔症型人格与依恋型人格,但这个人格模式还是比较阴啊!你来一个追求完美型,追求型人格,属阳,OK!你的人格模式组合就是这样,如果你按照我这个人格模式去组合,你的下半辈子人生完全变了,能量层级马上上来,你的生活完全不一样。

我现在给你的如同"套餐模式"。"人格模式组合"就像不同的套餐,电信、联通、移动是不是都有手机套餐,不同的套餐组合里面的内容是不是不一样? 149 的套餐、189 的套餐、249 的套餐里面组成的东西、组合的方式就不一样了。它适应的对象就不一样啦,对不对? 你举一反三,面对不同的人,遭遇不同的情境,就可以自如地调整自己的人格化合通道了,就是用不同的套餐嘛。

如果你的强迫型人格和追求型人格化合,回避型改为自恋型和依恋型化合,如此你的孤独型慢慢就没有了。你的偏执型也会随着孤独型的消失慢慢消失。偏执型没有了,你的分裂型也就慢慢没有了。自恋加依恋,为阴,加巧妙妥协,为阳,这就阴中有阳了。这是属于阴性人格的化合通道。

阳性人格的化合通道,强迫型为阳,加一点古板,只要不偏执也没关系。强迫加古板加追求,加完美,因为你有自恋、依恋型人格,你当然要追求完美啊。这个通道就完全不一样了。你按照我的方子去做,就完全是阴阳和合的。强迫和追求完美里面有一点点古板。因为你很多习惯性的东西你难改啊,已经形成了你的习性反应,这个习性反应你把它导向追求完美上去,包括强迫型,你要落子落在追求完美上去,那这个强迫就是可取的了。

所有外在的表现都是为内在的需求服务的。你内在有哪些需求啊？我们说外显是为内在的意念需求服务的。内在有什么啊，首先要自恋，爱自己！第二个有个依恋的对象。人、物、事都可以。在依恋的人事物上，加一点巧妙妥协，也就是包容心，中和一下。巧妙妥协对应追求完美，依恋加古板，自恋加强迫，这样组合以后，你的人格模式简直妙不可言。你的人生将会完全不同。

　　开这样的阴阳套餐，你也可以做得到。自恋加妥协加依恋加古板加强迫加追求完美，实际上是一个菜，一个菜里面有六种成分，自恋依恋妥协强迫只不过成分多点，要咸有咸，要甜有甜，要色有色，色香味俱全，端上来一看，人见人爱。

　　人格模式的通道就是先组合再化合，就跟炒菜配菜一样的道理。配得好，好。配得不好，还有毒，有些菜不能放在一起的。人与人也一样，事也一样。人格模式就像炒菜、配菜一样，合理搭配，才会营养健康。阴阳平衡，互补，才会产生和谐的人格。人格模式和身边的人事物组合都要信息能量层级相对应的模式，才能互补。一个人的能量如果老是被低层次的能量抽离、稀释、淡化了，最后她自己的能量层级也会降低了。就像一杯本来很纯净的水，最后被其他杂质反复填兑，最后它的纯度就不高了。

　　为什么讲"一花一世界"呢？一个人把自己研究透了，把人的需求研究透了,把人的大大小小的需求的满足方式也研究透了,人格模式通道的千变万化是不是就出来了,因时而变、因事而化、因人而异,你是不是就变得圆融无碍了。你把人格模式心理学研究透了,是不是和老禅师的观转定一样同样能让你明心。人格模式是不是观转定很好的一个工具?

艾稚对于原生家庭的意义很清楚,因为能帮助人找到自己的模板、模式的来源,观念、做人、做事的方式的源头,因此她能随时拿出来用。艾稚也学习了人格模式的四大模块以及四个模块的十六化,研究过十六种主体人格的人格特点,对人格化合通道很有兴趣。现在老神给她提出了改变人格化合通道的方案,艾稚忍不住借此机会刨根问底。

人格模式千变万化,难以把握,为什么一定要用这种方式呢?

老神耐心地给艾稚解释。

我们要认识自己的内在,是不是要有工具啊?那里没有光,你如何看得见呢?你不清晰地了解自己的潜意识里到底有些什么东西,不知道哪些是你想要的,哪些不是你想要的,你怎么放下,怎么去转化呢?人格模式心理学,就是首先让你把自己清理了,你对自己所有的东西都整理清楚了,清晰明了了,知道自己是怎么回事了,很多东西你就不执着了,你就放下了。一个包裹,你要打开看了之后看看里面有些什么东西,你才好决定自己留下什么,扔掉什么吧。如果你都不了解你的包裹里有些什么,你怎么知道要放下什么呢?人格模式就是打开"人"这个包裹的工具,打开潜意识习性的工具,或者说密匙。

人来到森林,搞不清东西南北的时候,是不是要定方位?定方位是不是要依靠工具?如指南针。如果你有了指南针,你搞不清自己要到哪里去,你要这个指南针做何用?方向不明确,要指南针也没有用。如果我们知道了我们要往西边或者南边去,是不是指南针就派上了用场,我们就可以立足脚下的方位,找到方向,找到前进的路了。人格模式就是一个明方向,定方位、给方法的一个工具。

怎样明方向呢?

如果你对人格组合非常了解了,往不同的人格通道上走就会产生不同的命运和人生,人格通道重新组合就是帮助人在因上改变,改变方向。有一句话叫作:菩萨畏因、众生畏果。因是什么呢?因就是我们的心念。我起一个念头就知道自己会跟下一个什么念头结合,里面有什么需求,这个需求背后有什么样的痛点,没有被满足的东西,这样一觉察,就像把箱子打开,发现这不是我要的,立马念头就转掉了。当我们走在正确的方向上,就不怕了。

人格模式就是去挖掘你今天为什么会变成这个样子的

因。果上归因,现在的样子呈现的是阶段性的果。为什么会走到这个地方? 走到这个地方你觉得还挺好吗? 你觉得挺好、挺享受,那好,继续朝着这个方位往前走,就是往很舒适的模式去走,模式最终要达到一个什么样的目标,也要明了。所谓明了就是你要知道自己处在一个什么样的人格模式和什么样的人格模式的组合之内,最终会达到什么样的结果、什么样的方向。必须有目标,有目的地啊,人人都要有啊,必须有啊,这个就是希望和信念所要达到的理想地,佛陀称之为彼岸。每个人都有一个彼岸,不同的人有自己理想的生活目标,有的是升官发财、名利双收,有的人无欲无求,但求轻松自在,这都可以算彼岸。如何才能达到彼岸呢? 有的人对阶段性目标很满意,用人格一照,感觉可以达到最终的理想目标,那好,就这样走,按照理想的模式去走就好了。有的觉得不能走,走不到,他自己又想要,陷入巨大的冲突之中,那就要改变人格模式组合。这个时候要通过放大镜和检测器照一照,为什么达不到理想目标,行囊里哪些东西要抛弃,哪些要重新这样组合、那样组合,重新组合后,坚持去做,那么命运就改变了,离他理想目标就更接近,路线图就更优化了,这是不是就是一种修身养性? 这是不是在了解自己的基础上修行? 你不了解自己,如何来成就自己、爱自己呢? 爱自己你都不知道怎么爱。如果在组合当中找人补,找物补,找到心灵伴侣那是最高层级,知音是次一点层级,身体上的伙伴是最次的层级,如果三者合二为一,那是最理想层级。现实当中三者合一的不多,既然不多,就说明人格模式存在着缺陷,身体上的需求和心理上的需求存在着不一致,身体上需求找这个人,心理上需求找那个人,最后把自己搞得四分五裂的,生活搞得一团糟了。

如果我们知道目的地有什么样美丽的风景,会不会感觉很好啊?比如说去九寨沟,我们都知道那有天下第一美的水,我们是不是在去的路途中就会有更多的期待?更多的充满希望?是不是就更加的有劲?更加的从容淡定?

那什么是定方位的工作呢?

人格模式在分析每个人的时候实际就是在做定方位的工作。就是他为什么会来到这里,为什么会是这个样子,他现在呈现的是什么人格跟什么人格?这种人格跟他当下的命运是怎么联系的呢?关于定方位,明方向,我举个例子,比方说,孤独型人一旦依恋没有得到满足,就会启动古板和偏执人格,古板偏执有一个能量通道,会选择攻击,在攻击的过程当中又会陷入自怜、哀怨的忧郁通道,就可能进入回避、忧郁加癔症人格,要么给社会带来破坏,给他人带来伤害,要么向内攻击,变成抑郁症,孤独、回避、分裂,最后变成抑郁。这样对孤独型人格的发展通道做了定位之后,如果不调整,是不是就大概明白了这个人未来的发展方向是怎样的?

在定方位的过程当中,发现自己正陷在孤独型人格的陷阱里面,这个陷阱跟我人生的目标不一致,我要改变这种生活,这种生活让我不快乐,我要往哪个方向去呢? 我就要去了解,孤独型人格和什么人格组合才是最佳组合? 这样就明了了方向,人格组合改变了,就会呈现不同的命运,就会和不同的人与物联结,这样人生道路就不一样了。为什么说"性格决定命运"呢? 就是因为你是什么样的人格,就会与外在的什么样的人与物联结,这里面的信息能量不同,外在的物质呈现也就不同。不好的因必然没有好的果。从因上努力,就改变了组合。人格的组合、调整,就是从因上努力的,这是不是很厉害?

孤独型要换一个通道,如寄情山水,找到了依恋对象,就会往追求型和追求完美型去发展,这是不是方向就改变了? 方向一改变,就要调整方位了。要去你想去的地方,你就要找方法,怎么去更高效、快捷,可以选择搭巴士、搭的士、走路,也可以自己开车去。孤独型人格一旦依恋得到满足,就会有追求型人格出现,甚至为了让他依恋得更长久,他就会朝追求完美型发展,让自己越来越优秀。在依恋的过程中,为了让自己的情感得到满足,还会巧妙妥协、顺从,要么回到主体人格平衡,要么在现实中补起来。

我们来看看"给方法",给的什么方法呢?

人格模式就是去挖掘你今天为什么会变成这个样子的因。果上归因，现在的样子呈现的是阶段性的果。阶段性的果归因就要挖掘原生家庭、三个自我的组合。三个自我没有平衡好又是因为你的哪些原生事件，原生事件又跟你的心理痛点有关，心理痛点又跟心理黑洞的幸福的满足感和幸福的不被满足感、舒适区和黑洞区有关。如果你问人格模式的工具和清理原生家庭的工具有什么区别，我是这样看的，原生家庭是人格模式形成的土壤，原生家庭是人格模式工具体系中的一个部分，这个工具在人格循环系统内，在人格循环系统内而不是在外，原生家庭的意义帮助人找到自己的模板、模式的来源，观念、做人、做事的方式的源头。所有的手段都是帮助我们认识自己。

当你用人格模式的工具来挖掘，然后用放大镜和检测器来同时看，当你明了了方向，找到了定位，再去看人格模式形成的基础，你就搞清楚了自己为何会走到这个地方来。

一个人了解自己越多，对于自己要到哪个方向去，就越明了，对自己的方法运用就越准确，在清理心理垃圾和困扰自己的模板模式时也就越准确，越明了。人格模式中认知模块的角色与关系、情感模块的需要与价值、情绪模块的安全与联结、身体模块的合作与分离这八大支柱就是用来进行自我清理的工具。这个在你平时所做的自我清理中是不是已经体

223

验过？

对于这个艾稚深有体会。

最开始艾稚认为有了认知、情感、情绪、身体四大模块，以情绪为入口从这四大方向做自我清理已经足够。她心上的粗沙砾在第一年就是用这种方式清理的。后来学习了角色与关系、需要与价值、安全与联结、合作与分离，艾稚又觉得有了这八个角度来进行自我清理已经足够，通过回溯原生事件，发现原生事件中自己所处的角色与关系是否匹配，有什么样的需要和价值没有得到满足，从而产生了心理痛点乃至心理黑洞，从而不能建立起好的安全与联结，从而产生合作与分离的身体反应。然后从任何一个角度入手，都可以全面地清理自己的心理垃圾。

艾稚一直畏惧于人格的六十四化的千变万化，感觉自己抓不住，当她从二元对立的认知世界走出来，开始体悟到一切都是变化莫测、随缘变幻的，她开始体会到人格模式的好。人格模式让她知道自己现在在什么状态，能不能帮助她达到未来的目标。现在艾稚明白人格模式在分析每一个人的时候实际是在做定方位的工作，就是他为什么会来到这里，为什么会是这个样子？她现在呈现的是什么人格跟什么人格，这种人格跟她当下的命运又是怎么联系的。

艾稚想，对于初学者，能从人格模式四大模块"认知、情感、情绪、身体"去分析,也能进行初步的清理,再往上可以用四大模块的八个柱子:角色与关系、需要与价值、安全与联结、合作与分离来分析。我们可以通过回溯原生家庭的原生事件,原生家庭的模板、模式让你产生这样那样的心理痛点、内在誓言、心理黑洞、三个自我等等,就是那一大堆破事才让你走到当前的这个位置。所以去发掘原生事件中我们自己所处的角色与关系是否匹配,有什么样的需要与价值没被满足从而产生的心理痛点乃至心理黑洞,从而不能建立好的安全与联结,从而产生合作与分离的身体反应。

其实,从四个模块中的任何一个入手,都可以全面清理自己的心理垃圾。再高级的就是自我调节人格通道组合了。再往上就是看一眼他人,就能知道这个人当下处于什么主体人格状态,他的情绪情感是怎样的,他的原生家庭背景如何,他习惯性的人格化合通道是怎样的。怎样调整可以让他的人生更美好。

怎样才能自我调节人格通道组合呢?我们要有这样的勇气,甚至可能连包都要扔掉,可能要重新买包,重新装东西,才能到达新的方向,也就是要学会放下。这个人格模式心理学把禅宗的放下,以及全息心学心法的一些东西,融合在心理学里面了,融合在人格模式里了。你只有学会清理、扔掉一些东西,才能重新组合人格。否则达不到人格的重新组合,重新整合,往往总是在原地兜圈。

对于人格模式心理学的理论基础,艾稚感觉是中西结合的样子,但一直也说不出个所以然,老神也给艾稚进行了解释。

西方心理学把人的情绪、行为、认知无限细分,变成了几百个学科,每个都有道理,都做得精细,但是忽略了一个整体性和系统性,独立于人之外来分析,没把人作为一个整体来研究,这个就有很大缺陷,如眼睛不好,除了眼睛有病,可能跟血液、毛细血管、肝脏、肾精等有关,西方心理学的缺陷就在这里。东方心理学又是二元对立,非好即坏,搞分离,也没有整合,也有缺陷,导致国人重视外表不重视内在,重形式不重内容。二元对立的哲学,跟几千年的儒家文化基因有关,真正的哲学思维在《道德经》《易经》《黄帝内经》,这些经典都是一个"和"的概念。怎么和呢?叫阴阳调和。要调和,就要融入,就是你中有我,我中有你,这样才能达到天人合一,才能达到阴阳平衡,这样系统观就有了。有了系统观你才有方法论啊。如果在一个点上,你说窥一斑真的能见豹吗?那就是盲人摸象,你说那个腿啊就像柱子一样,你说那是象吗?是象,但那是象的全貌吗?不是。你看到豹子的一点你就说那是豹子,那是不是豹子呢?是豹子的某一个部分,不能说豹子就是那个样子,我们不能说豹子身上的那个点那就是豹子,那就错了

226

吧,看到这种斑纹可以预见到一个豹子,但这只是第一层,表层,通过斑纹还要对豹子来个全景扫描,豹子头、尾、身体、动作,捕猎时的状态,这样才是一个完整的豹子,西方心理学就是将豹子的花纹研究得很透,说这就是豹子的特点。人格的特征,西方心理学研究得很透了,如强迫型人格的特征、癔症型人格特征是不需要去研究的,几百年来在医学案例里已经总结出来了。人格模式心理学又做了加工,比如说癔症型人格形成基础是什么? 这在人格模式心理学里是新加的,然后形成基础是什么,儿时是什么状态,又把它丰富了,所有的人格都丰富了一遍,如把癔症型人格的胡思乱想、破坏型、创造型、奇思妙想型进行分类,然后又是镜像的客体和主体的分离,也做了分类,这就是创造性丰富。这就是把西方心理学的东西纳入到人格模式系统内,再进行完善,所以对西方心理学也是一个贡献,丰富和完善了它的东西,对东方心理学更是完善和创新,把天人合一、阴阳调和的系统观也引入到人格里了。

人不是孤立的存在,他必须在社会系统和自然系统两大系统中运作,你能离得了空气、土壤吗? 你能离得了社会吗? 人是群居动物,离得了城市乡村吗? 这是社会系统,你能离得开组织吗? 目前还没有哪个心理学能超越这两大系统。

清理原生病毒不过是人格模式系统里的枝叶、土壤,原生家庭在人格循环系统内而不是在外,我就是用人格模式心理学来进行修行的,很好用。我起一个念头就知道自己会跟下一个什么念头结合,里面有需求,这个需求背后有什么样的痛点,没有被满足的东西,这样一觉察,马上就没有了,这个东西就像把箱子打开,一看,这不是我要的,立马念头上就转掉了,菩萨畏因、众生畏果,人格通道重新组合就是帮助人在因上改变。你决定好好学习人格模式心理学的话,建议你好好你读读陈公的著作《人格模式心理学》(2017 修订版)。2015 年 7月《人格模式心理学》一书的出版,标志着陈公的人格模式心理学的理论体系基本搭建完成,标志着人格模式研究不再是西方人的专利,标志着在人类智慧的长河中,人格模式心理学融入了东方人的智慧。人格模式心理学是认识自我、清理自我、提升自我、超越自我的最专业的工具。学习人格模式这套工具,可以帮助我们重建精神上的"免疫系统",从而远离精神上的"艾滋病"等各种可怕的疾病,过上身心健康的生活。学习心理学,其实相当于国防建设,没有国防的国家,是无法和平地发展的,没有合理的、健康的心理防御模式的人,也无法在社会上平安、幸福地工作和生活。

人格模式心理学是全息心学的基础。只有学好人格模式,你才能学好全息心学,才能具备全息的功夫。

艾稚突然间悟到,原来,我们自以为是地认为了解人,只不过是把人放在"孤立、静止、片面"的阶段性记忆里去故步自封、刻舟求剑,而对于人的了解,必须放在"发展、关联、动态"的社会与自然系统中去观照,才是全面立体。想到这里,艾稚不由得对老神产生了深深的敬意,对学好《人格模式心理学》有了更大的兴趣与信心。

第十八章　你不是你的念头

为何所有相都是虚妄？

心念本空，它如何骗你？

你是你的念头吗？

艾稚时时按照老神的心理学工具进行自我整理、清理，按照老禅师的禅修法门启悟心性，一有所得，便与自心中的师父对话，这师，既是老禅师，又是老神，既不是老禅师，又不是老神，是两位老人家的综合体。

艾稚的成长，日新月异，以前是剪不断理还乱，中间是剪不断但能理了，到现在已经是凡事当下就能对应，剪得断理得清，昨天之艾稚和今日之艾稚已经判若两人。

一日午间，窗外阳光明丽，蝉鸣声声，艾稚在家中读书，读着读着，艾稚心神云游去了。

"师父，师父，我知道为何所有相都是虚妄了。"

师无言，只是笑。

"同样的一件物品，不同的动物来看，都是不一样的。比如这棵树，我们人看起来是一棵树，许多种类的蛙、蛇对眼前摆着不动的食物却视而不见，空中的蝙蝠则用超声波感应这棵树，自然跟我们所见的树不相同，水中的一条鱼看岸边的树又是怎样的呢？就如同这里有不同的显像器，他们显示的是不同的波光艳影。就是我们不同的人来看这棵树，高矮不一样、心情不一样，视力不同，站的位置、角度、高度不同，看到的树也不一样。我看到的红花绿叶，在红绿色盲那里就无法分辨。但树只是它本来的样子。我们每个人只见到自己心中的树，有什么样的心就见到什么样的树，我们只是顺从人的习性来看这棵树，蛇只是顺从蛇的习性来看这棵树，蝙蝠只是顺从蝙蝠的习性来看这棵树，鱼只是顺从鱼的习性来看这棵树，谁都只看到自己看到的树，谁看到的都不是树的本来。"

"树本身也在运动变化呀。"师讲。

"我们所见早就离真实的物象南辕北辙，面目全非了。由于我们长久以来的习气，我们保留了自己内心所看到的，顽固地认为有，因为我看到了、听到了，书上还有图画呢，你怎么能说没有呢？你说没有，不是否定我这个人了吗？这时我们就从概念、观念上升到人的自尊、脸面上去了。维护这些观念就成了维护自己的脸面、自尊了。因为要维护脸面和自尊，就听不到别人的见解和声音了，就会片面的自我合理化，维护自己的观点，真实的外物就被歪曲和扭曲了。"艾稚继续说。

"还有个妄在。"那个声音说。

艾稚说："我只是发现我们被自己的念头骗了。"

"心念本空，它如何骗你？"师不依不饶。

"世上本无事，就是因为我们在人事物上加进了自己的评判，习惯性地加进了自己的观念、想法，符合自己想法的就是好的，不符合自己想法的就是不好的。小时候，父母师长是我们的天，我们被父母、老师、长辈这样那样评价着、塑造着，我们以为他们的评价是真实可靠的，自己就是那个样子，却不知那也只是他们习惯性的反应方式，可能并不具备任何实质性的意义和价值。然后我们又把这些价值标准执着为'我的'，我们又用这些价值标准来评价外部世界的人事物，符合我们标准的、能满足我们欲望的就喜欢，不符合我们标准的、不能满足我们欲望的就厌憎、就抗拒。这些价值标准又来自哪里呢？还不是来自我们生活的外部环境，自然环境、文化环境、家庭环境、学习环境、工作环境。这些标准可能没有一个是来自我们内在真实的需求。"

"心念本空，它如何骗你？"师继续问。

"观念不是永恒不变、真实不虚的。比如说淑女，过去的概念与今天的观念不同，今天的概念又与未来的不同。西方的观念和东方的观念不同，湖南人的解读和北京人的解读也不一样。时代变了、环境背景变了、人变了，很多概念的外延和内涵都在发生变化。比如'然并卵''屌丝''无龄感'等等网络词汇，过去没有，未来也可能被新的词汇所代替。词汇的存在也是因时而变的。"

"你是你的念头吗？"师问。

"我是我的念头吗？"这是个有趣的问题，"我的念头由一个个词组成，都是学习来的概念，这些概念显然不是我。遇到事情，我会有自己的观点，这些观点是我吗？我有一套自己的人生观、价值观、行为标准，用来自我合理化，这些观念是我吗？这些观念会随着年龄而变化，随着接触的人事物而调整，他们也是由词组成，那当然也不是我。还有理念，阳明先生说'心即理理即心'。理在道上，道在理上，道理道理、理念理念，理在心念上，要把道理放在念头上进行修炼、正心。但这些也不是我。那我在哪里呢？'我思故我在'是假的，凡有思量，皆是妄想，我们被我们的念头骗了。"艾稚大叫，"师父师父，我们被念头骗了，我们被念头骗了！"

师大笑："看你这刚强众生，到底是醒还是不醒。"

233

"我醒我醒。"但艾稚就是睁不开眼睛,身体无法动弹。

"到底是什么左右了你?"

"是念头,是自己给自己贴的标签,所以看不到真实的事物。我不是我的念头,我不是那些标签,我是?"艾稚灵光一闪,"无念才我是。"艾稚愣住了,"无念才我是。"多么奇妙的发现。

我们从小被教育要学习、要动脑筋、要勤奋、要适应社会,却原来不过在塑造一个假我,然后我们要用这个假我,学习放下那些用了一生的努力学来的概念、知识,放下那些四处碰壁得来的经验和教训,放下那些让自己烦恼的观念和价值。

"我不是我的念头,也不是那些恐惧、焦虑、羞辱和痛苦,那我是我的身体吗? 这个一直被称为我的东西。"

艾稚一念才划过,师就问了:"那么请问,头是不是你? 手是不是你? 如果都是你,那头和手怎么不一样呢? 那五脏六腑怎么也不一样呢?"

艾稚笑答:"你这老道,明知故问。身体不是组合而成的吗? 世间有什么东西不是组合而成的呢? 有组合就有消散。今天我去大市场换排气扇,换电灯泡,发现家里很多的电器产品都被我换了一遍了。为什么? 周期到了,使用周期到了。这就是运动性里面的变化性啊,变化性里面的运动性啊,导致周期律的发生啊。为什么? 灯泡天天在用,在运动,能量在流动,一进一出一开一关消耗能量,无形之中它的使用周期就在变化。那你讲我不用它,它总不会坏吧。你放一件衣服在衣柜里十年不穿试一试,是不是粉掉了。为什么?空气氧化了,它也在变化,对不对?"

师满意地笑了。艾稚得出结论:"可见身体和思想一样瞬息万变,那也不是我。我是我扮演的各种人生角色吗?角色都是相互对待而生,有此才有彼,没有此就没有彼,随时变化,因此也不是我。没有一个一成不变的我。凡所有相,皆是虚妄。"

第十九章　大心破自障

我们是被什么障碍了

如何破自障？

人要么是自障、要么是他障、要么是心障。

艾稚发现了"无念才我是"的大秘密，但在生活中她发现自己根本做不到无念。

有的时候，一个亲密的人因为没有按照自己想要的方式回应自己，一下子就陷在烦躁的情绪里了，恶念纷飞，还一下子怎么也拔不出来，也不知如何放下，就那样陷在抓狂的情境里。艾稚常常觉得被念头控制了，停也停不下。就是在静坐的时候，身体没有动，妄念也是纷飞的。许多时候看到自己纷飞的妄念,越是要停就越是停不下来,还一念一念又一念的,真是无可奈何。

艾稚回顾跟随老禅师、老神学习以来的所有经历,自我分析道:"让我们心灵生病的原因,一定是某部分的我被卡住了,动弹不了了。表现出来的就是个体在生活中无法感受到全然的开心快乐,遇事容易起情绪,生活中的各种关系不够有序;内隐的就是经常性的自我批评、自我矮化,觉得自己不够好,觉得自己不配得,因而无理由的觉得活着累、无聊、无趣。

在身心灵修炼有一定时间的人在意识层面可能会知道,一切皆幻,是假,是空。但作为当事人,情绪来了就是真实的,她的情绪和感受就在她那里,不是单凭他人讲个道理说句'不要怕,有什么可怕的,不去想就没事了',她的躯体感受就能消失的。当事人每每被外在的情境触及、映射,隐藏在潜意识深处的童年碎片记忆被激活——那个安全感的需求或者爱的需求没有得到满足的内在小孩就被激活了,同样的身体反应、情绪反应就来了,这是我们这台小电脑在童年时被安装的程序,一旦被触动,就自动运行。如果不找到问题的症结所在,每每当相似的情境生起,还会有相似的身体反应、情绪反应来袭,即使你从小到大都采取了回避隔离的防御措施,但当你的意识稍有松懈,当你面对那个具有帮助你疗愈使命的'亲密者'出现,他的言行会不断映射你内在的心理底片,让底片显影,

237

让你呈现出儿童态。这'幻'干扰着当事人、影响当事人的正常生活,这是来自于当事人的生活事实,我们除了尊重这个事实,尊重的她的感受,去面对它,想办法解决它,无有他途,逃避着把头埋进沙子如鸵鸟般躲藏是解决不了任何问题的。

你需要回到原生事件、原生情境中去,去经历各种暗黑带给你身体战栗的不堪回首的往事,去体验那种种的失控和悲伤,如果不让深埋入潜意识里的这份骨子里的哀伤、烦躁、愤怒透出来、意识化,潜意识的害怕和恐惧是不能褪去的。

我们必须见到我们潜意识伪装、隐藏了的事实的真相,找到那个让我们害怕不敢面对的那个自己,那个被我们用社会的价值观贴上丑陋或者不良标签、自己不愿接受的自己。

对一个人起到改善作用的一定是来自一个人潜意识的变化。也就是说真正对一个人心灵状态起到恒久作用的,是来自对方潜意识的改善。对于自我攻击的标签人生,我们要站在现在的立场,用过去的自己可以接受的方式,重新解释自己的人生经历,重新改写自己的人生,让自己和自己和解,重新整合自己。"

这时,艾稚来到了另一个场景,墙上挂着一些人的工作照,见到照片的一瞬间,艾稚的心头浮现出这些人的主体人格,依主体人格索骥,艾稚看到了这些人的原生家庭、成长背景以及人格的形成原因和人格化合通道,艾稚陡然间明白了人格模式的伟大,它不仅是自我认识和自我清理的好工具,还是通过现象看到本质、认识他人、见他人体的好工具。怪不得老禅师、老神看人是一针见血,别人在他们面前飘过,他们在一瞬间就看到了这个人此生的前尘后事,当我们掌握了人格模式这个工具,同样可以具备这种见体的能力。

"我们是被什么障碍了不见自己的体和他人的体呢?"

师说:"人要么是自障、要么是他障、要么是心障,破除这三重障,你也成就了。但人终究是被自己障碍了。

"他障是我们在婚姻、工作、情感等关系组合当中发生的这样那样的问题,是关系中的他人或者事物带给我们的障碍,叫他障,如在现实生活中有婚姻捆绑、组织捆绑、圈子捆绑等,当我们受到外界的触动、莫名其妙地烦躁的时候,退转的时候,这就是他障,是考验我们的魔障,认出他们,不受它的诱导,坚定道心,万魔不侵。

"因为自己吸收的观念而带来的障碍叫自障,如我们所接受的社会文化观念、认为他人应该怎么怎么样,如果别人没有按照我们的预期、心中的应该来做,就有情绪。这个时候,你在做审视化的父母自我或者是弱势化的儿童自我。还有一个心障,是由于我们累生的习气带来的障碍。这个是最难转变的,非大信心大愿力者不能实现大观转、大自在。

"人在修炼、寻找、发现、思考的过程当中,看起来是他障,其实是自障。哪些是自己障碍自己呢？妄念就是自障，是自己对吸收的概念没有加以甄别，对吸收的理念没有进行求证，人云亦云，羊群效应造成的。比方说，我们接受的道德观念、很多的法理，难道不是我们自己植入进去的吗？从几千年的儒家文化基因，到我们祖辈和社会认同的口口相传，要求我们怎么做，约束我们怎么做，然后我们在自我认同的基础上再去约束自我，这是属于自障。

"就像一个老和尚带着一个小和尚出去。小和尚不喜欢老和尚，但老和尚出门非要带着这个小和尚去。这个小和尚一路骂了两天。老和尚在第二天快到一个旅店的时候，坐下来问小和尚：'你这两天也累了吧？我想问你一个问题行不行？'小和尚说：'好啊。'老和尚说：'你有一件好东西送给别人，这个人不要，那这个东西是谁的呢？'小和尚说：'你这老和尚真的没智慧，我没送出去，那不还是我的吗？'老和尚就说：'你这两天送给我的东西，我不接受，那是谁的呢？'

"很多时候，我们不能说我们是被社会所害，被他人所害。我们更多的时候是被我们自己所害。我们接受了我们自己植入的一些观念，这些观念都是如理如法的吗？不见得。是开启我们的自性智慧的吗？不见得。是能够被我们的自心光明所照见的吗？恐怕我们自己还要把那个光明给捂起来，生怕被照见，在那里窃喜，舍不得丢弃。

"所以这些自障的东西,很多时候导致我们自我矮化,自我污点化,放大我们自己在生活当中的某一点不好,然后拼命地去矮化自己,不接纳自己,所以这样的自障带给自己的人生就是往往被过去的事件和经历所障碍,而不愿意往前看。中国有一个家喻户晓的故事,当媳妇和妈妈掉到水里的时候救谁的问题。中国人很多选择救妈妈,美国人选择救老婆。中国人选择救妈妈的理由就是孝,而美国人选择救老婆的原因是什么? 她是未来,她是孩子的母亲。这一前一后,一个过去一个未来的理念,就造成了人的大不相同。理念对人的约束对人的指导影响太大了。一个是往回看,一个是往前看。你要说中国人错了? 你要说美国人错了? 这又是二元对立的。

　　"所以这样的自障导致我们很多时候多种动机冲突,多种动机冲突又导致多种人格冲突,导致我们的人格混沌,人格分裂。

　　"如何破自障? 观念是自己接受、吸收的,如何在吸收的过程中去转化呢? 吸收当中要去甄别、澄清。要甄别信息,就需要独立思考。信息又如何转化呢,要善加合理化应用,并不是所有的东西都是二元对立的结果,非好即坏,坏的就不能用,好的就无限用,不是这样的。观念是自己吸收的,如人生观、价值观,群体观念、个体观念,每个人的人生有一套自己的观念,也就是自己合理化的一套行为标准,这些都可以破。如何破？要把道理放在念头上进行修炼、正心，正心才能正行。时时观心护念，练就一双火眼金睛，随时观察自己那颗心处在什么状态。观到了怎么办？赶紧转，就像走路时前面遇到一个大坑，赶紧停下来，改变方向。内转的功夫提高了，陷在情绪的时间就会越来越短，心也慢慢安定下来。这个方法在《会心不远》一书中有总结，就是'修心在于护念，护念在于调心，调心在于转念，转念在于定心'。

　　"还有一种方法叫隔离、淡化、抽离。当你发现自己的情绪时，立马停下来，就像前面有一个大坑，马上停下来，否则就会掉下去。为什么隔离有效？如同将一株植物移到没有土壤、见不到阳光的地方隔离起来，还会生长吗？过去的模板来了，就把它放到没有土壤、没有阳光的地方去，它就不能生存。情绪就是一种释放，你一隔离，然后静观，情绪就会慢慢淡化、消散。心平之时再来转，再进行清理，可以用人格模式工具从四个维度进行清理，也可以从原生家庭找到那个对应的事件，找到情感底片。即使找不到，也没关系，只要能及时隔离与淡化，潜意识会帮你去找，会去转化，会去清除。下次再释放再转化，最后就没有了，就像那棵树，它就自然枯死了。今后这一心理情结就解开了，心理黑洞就被照亮了，再也不影响我们了，我们就彻底从这一类情绪中抽离出来了。这也是对外在的事物无住的状态，过了就不住。

"对于有大信心大愿力的人，'当下截流，双向合理化'。别人这样做自然有他的道理，我接受，一切自然向好，向好的方向发展和流动。"

艾稚屈指数着：人格模式工具、原生家庭工具、内观内转内定、隔离淡化抽离，"当下截流，双向合理化"，这么多自我清理、息念破障的工具。艾稚笑醒了。

第二十章 心包太虚

红尘炼心要炼到什么程度呢?

心在哪里?

大心在事上如何体现呢?

随着内观功夫的提高,艾稚的心气开始平和,她开始思考老禅师说的历事炼心,在红尘中炼心,到底要练就一颗什么心?

偶然的机缘,艾稚决定诵读一遍《妙法莲华经》。读至第三天,神奇的现象出现了。早晨起床,艾稚发现自己的身体变轻柔了,甚至两只手有若有若无的感觉。最神奇的事是她的视力变好了。在读第三遍《法华经》的过程中,艾稚觉得自己的眼镜好像磨坏了,戴着看书很不舒服。于是去多年来一直配眼镜的张诚眼镜店换配眼镜,验光师认真地反复查验后,惊异地得出结论:艾稚的眼睛变好了,每一只眼睛较以前可以减少100度。这是身体层面的变化。心智层面,在生活与工作中,艾稚发现纠结执着的情绪和烦恼减少了,当有情绪生起,强度小多了,转念也快了。

红尘是苦空无常的,红尘炼心,不仅要体验人世的苦难,还要通过世事体验本心。在历事的过程中,艾稚发现自己的后天思维很强大,常常习惯性活在标签中,而忽视眼前的人。

比如说有一次,教授让艾稚给儿子买一件风衣,艾稚当时就想,小小年纪穿什么风衣扮酷,教授这不是很无知吗?扮酷和无知就是思维的评判,是给他们的行为所贴的标签。

艾稚发现自己头脑里的念头和评判太快了,这种习性如果不是老神提醒,她还以为自己已经开始放下评判了呢。她曾经问老神:"红尘炼心要炼到什么程度呢?"

"当然是会当凌绝顶,一览众山小。"师说。

艾稚想,这样的心是一颗高远之心、广大之心。红尘炼心最终就是要练就一颗大心。

艾稚跟师汇报:"我目前的感受是,在一个空间内,觉得一切都在心之内。但还有空间的分别,如室内与室外的分别,心还不够大。"

"心到底有多大?"师问。

"其大无外,其小无内。"艾稚答。

"心在哪里?"

"心在念上,但凡有心即是幻相。人生就是一个大梦境,梦境中万象千变万化,唯独不见那个做梦的主体,究其真实,万法不过是一个人一个念变现而已。"

"那你打算如何将心炼大呢?"

艾稚说:"虽然知幻,能即观即转,多数时心平气和,但烦恼心还有少许,嫉妒心也时常有,骄狂心时有起伏,怒气时来探访,习性未除,智慧未开,尚有愚痴。这些都是要了的,要断的。我将以心理学作为心灵除尘的工具,进行习性模板、模式的清理和替换,进行人格通道的优化,将心房打扫干净,轻装上阵。用全息心学内观内转内定之法,修炼一颗大心,这颗心心包太虚,无念无住,是为无心。最终至'无心'之念、之名亦无。"

"无念?"师以疑问的口气问。

"无念不是完全没有念头,而是看念头流过,不评判、不阻拦,如同河岸与河水,心岸如如不动,只是看着念头的河水以他自己的方式流过。"

师给艾稚讲了一个故事:说有一户人家在搬家的时候,发现杂物堆中有两只老鼠,大家齐声喊打,但却又突然住了手——人们发现那两只老鼠有些异样,其中一只老鼠咬住了另一只老鼠的尾巴,它们像手拉手横过马路的孩子那样,大摇大摆地进行"战略转移"。这时候,有人喊了一声:"快看后面那只老鼠——是个瞎子!"

大家定睛望去,可不是吗,后面那只老鼠的头部鼓着个瘤子似的东西,两只眼睛被挡住变成盲鼠。

大家轻叹着,一瞬间就明白了眼前发生的一切——主人搬家,老鼠大祸临头,那只健全的老鼠不忍丢下可怜的同伴,就把自己的尾巴送到同伴的嘴里,导引它脱离险境。

看着这一幕,心性之光光光相照,大家不约而同地让出一条通道。

你来说说看,猜猜这两只老鼠可能是什么关系?

"夫妻、母子、兄弟?"

师言:"可是我宁愿相信这两只老鼠没关系。猜夫妻关系的有一颗银子般的心,猜母子关系的有一颗金子般的心,猜没有关系的有一颗钻石般的心。你是不是要说这是有分别?不是的。这是能量层级不同。人生最可贵的事就是:人与人之间于患难处同舟共济,风雨同行,不计个人得失,不计利益生死,而且还不问彼此来历,这样的人都有一颗钻石般的心。"

艾稚一下子明白师说的大是指什么啦。

我们要放大什么?放大我们本自具足的自性光明啊!自

247

性光明就是无心,因为他能照见一切真相,无心就能无相无住,就能获得心性的平常、平和与平静。放下就会无住、无相;放空就无住;放大就无形:这是关于内转的三放。放下就能做到无相,放空就能做到无住,放大就能做到无我或者无心。"

"大心在事上如何体现呢?"师问。

"心的力量要大,感受要敏感。先要心细,心细才能大,才能观到别人。心细力量才大。所以要学习观察、感受,然后才能感应和对应。也是离开意识心才能如是观、如实感。什么是观呢? 就是看只是看,不加一个好坏美丑的观念上去,这样才能看到事物的本来。那块柜门只是柜门,而不是先看到漂亮或者典雅富贵气,漂亮、典雅已经是我们意识心的投射了。观察,是观察它本来的样子,什么颜色、什么花色、尺寸大小,然后再来感受它的能量,这样才能真实地感应和对应。"艾稚回应师父。

师强调:"无相、无住、无我、无心,落实在事项上就是服务、服好务、全心全意服务。真正的服务要具备服务的素质和能力,要有智慧,要有大信心和大愿力。很多人嘴上说服务,是不到位的,世俗理解的服务就是给别人做事。那是不对的。真正的服务是信愿行到位的服务,才能全心全意。弟子规云:善相劝德皆建。善的叠加、善的积累都会成就。以这种方式服务众生、度化众生,这也是服务的一种方式。佛讲经四十九

248

年,都是教导众生如何服务的。

"没有信,切入不了;没有愿,我们的服务是假的,是自私自利的。行愿落实在日常生活中就是服务,就是行,所以我们不能看扁了服务小生,他们在为别人服务,下行的心态值得学习。他们服务挣钱,我们的服务是一种理念、精神、奉献。体现在服务的就是忘我的境界,是智慧的行径。所以说:服务、服好务、全心全意服务。坛经讲'下下人有上上智'。从服务的理念角度来看,下下人做服务,有上上智的根基存在,这种人吃苦才能成就,没有苦是万万成就不了的。所以佛讲苦集灭道,息苦,苦是集来的,吃苦积累善的资粮,积累成佛的二资粮,所以也需要吃苦。过去师父带徒弟,三年才教他,就是让他吃苦,吃苦就是磨性,吃苦让我们修炼平等和清静,不能看扁世俗的要饭人,他们能够放下面子,放下尊严,恰恰值得我们学习。从这个意义上讲,出家人是乞士,上乞佛法,下度众生,乞讨是乞士。我们拿个钵到处去化缘,本身就是清静平等的表现。这是放下我的一种修行的方式,而且是一种重要的、快速成就的方式。"

艾稚拜谢,感恩师之教诲。

第二十一章　莫向空里觅清风

真如不守自性,一念而生无明。

有欢喜心自然没有评判。

竹影揽月演般若,莫向空里觅清风。

师徒继续对话。

艾稚:"如来藏是空性和光明的吗?"

师:"如来藏的本身具有空性和光明,这三者同时存在。如来讲本心,讲光明是智慧,讲空性是缘起。如来藏就是我们的本心。光明藏,从智慧角度上讲,是修出来的,将自性光明修出来。空如来藏,从因缘所生法来讲。自性本来面目,就是空性和光明。空性和光明是一体的。具体说空性就是因缘所生法,回归到万事万物进入到八识田的种子产生,真正的智慧就是我们的法身。智慧身就是我们的法身。从三身角度讲是一体具备三身。不是分别。一体本身就是智慧,报身是受用身,化身是意生身,或者说我们实现的这个身。你现在的受用身就是报身,你的智慧能力显示出来的就是化身。佛菩萨是三身同时具备,凡夫由受用就落在业力中间,受善恶业报而来。佛菩萨之身是愿力之身,是报身式化身,从愿力的支配。凡夫受业力的支配,由于没有愿力,而佛菩萨是由愿力身存在的一体三身,完成了用智慧身成就了法身,用愿力身成就了法身,用大慈大悲成就了法身,三身功德圆满。三身功德圆满,首先是智慧身功德圆满,其他身就自然圆满。有智慧就会去发愿,就会去行。凡夫为什么成凡夫,这怎么样,那怎么样,有分别就是凡夫。用智慧去做,就叫抉择。抉择而不是分别。智慧是抉择而不是分别。智慧身懂得抉择、取舍。

真如不守自性,一念而生无明。无明是指我们不明白道理。你有智慧身,无明就没有了,光一展示,无明就没有了。光就是智慧之光,智慧通达了,无明就没有了,自然就是法身,法身遍虚空。你说有虚空的存在就是无明? 也对也不对。因为智慧法身是遍虚空,是智慧这个念、这个身瞬间就是虚空,就像这个光瞬间就达到虚空了。瞬间的智慧通达就是真空,而说真与妄,就又落在妄中间。而我们瞬间的智慧通达不存在真,也不存在妄,是破真妄两边,是为中道。强行安立一个东西,就是头上安头。静寂光通达,这是用比喻,当你明亮的瞬间就通达了。"

艾稚:"光明藏只在密教中讲吗?"

师:"光明本身就存在,是我们人为分为显密,光明本身存在,有光绝对是空的,而光和空就是我们所讲的智慧的通达,必须用智慧来穿这根线。"

艾稚:"我理解,光本来就存在,但凡夫一定要显出相来才相信有那个东西。"

师:"真正的智慧叫般若。智慧到彼岸称为般若。般若不翻译,尊重不翻,意思表达不全所以不翻,用文字根本无法表达,所以不翻,勉强说个智慧。如同光和空性一样,空性是缘起的,而真正的空性就是我们的法身,也是我们的智慧身,也是我们的空性身。你明了,就光明通达。通的过程就空了嘛,所以空无障碍。这是需要证悟的。光怎么通,需要证悟,你就会懂得师父说的服务。"

艾稚:"证悟需要在禅定的状态中吗?"

师:"心不乱就是禅定。法喜就是禅悦。我们只要不落在后天意识里,将情执换成一种慈悲。有男有女是我们有情执才出现的。"

艾稚:"如何理解慈悲?"

师:"慈是予人于乐,悲是拔人以苦,慈悲是用理智处理问题,用感恩的心态去处理事物,用欢喜心去接纳事物。欢喜心就是接受,用欢喜心面对,感恩心去处理,这就是慈悲的表现。"

艾稚:"接纳一切如我所是的发现,是一种无我心,不执着。众生说为别人好,都有一个自以为是、功高我慢在里面,慈悲心是无我、没有评判的。"

师:"有欢喜心自然没有评判,感恩心去处理,哪里还有我呢?用欢喜心面对、接纳一切人事物,用感恩心去处理所面对的人事物,就没有矛盾。"

艾稚:"还要有智慧啰。"

师:"你没有智慧,哪里接纳得了呢?智慧为先导。有了智慧,你自然懂得去感恩,自然懂得用欢喜心去接受。服务没有我才叫服务。用观而不是看,看就落入情感、情执里去了,观是用根来观,六根观,就没有情执,六根观加上分别意识,情执就来了。观就是智慧,用六根观就自在了,就是菩萨了,这时就行深般若了。用深深的智慧看你这个观对不对,照见五蕴皆空,空性就不要执着了。有五蕴才有和合而生。没有受想行识哪有和合。所以说佛菩萨的受用身就是法身,照见五蕴空了,哪来的受用身。"

艾稚:"为什么要空?"

师："空才能进入状态,一干扰就空不了了。如要我说标准一点的普通话,就落入意识了。能空,只是相对圆融。"

艾稚："就像你看那边的风景,我看这边的风景,你对着那边的风景在描述,而我依然在这边的风景里找,那自然找不到啰。师父,我读法华经只是读,怎么身体会有那样地变化呢?"

师："变柔软了,你无形中变如来了。读经不需要理解,是融入就是会,当你真正变柔软了,感觉变柔软了,你已经印证了,必须先融入,叫会,然后就印证,实际上你已经变柔软了,由量变到质变,你以愿力看佛经,不需要你明白你也明白了,法忍,就是认同了。会这个层面是进门的过程,还需要印证,入进去是会,融进去是会心,印证就是要证明你这个心和我这个心到底是不是一样,心心相印。心与心是一体的。印是没有差别,完全一体。印证就是不二。入进去观察,这个竹子到底怎样,要跟它印证。色泽、生存的环境,印证就对了。会了还要证,不二就到了。理解就是印证。"

艾稚："师讲法的时候,我融入进来,自然就理解。我们的语言就没有障碍。这就是会心的过程,印心的过程。"

艾稚微笑地看着师,就那么轻轻地、毫不费力地融入了师的心,师心就是艾稚心,没有丝毫挂碍,一切都在无言中。

艾稚已经知道,世间最简的修行方式就是找到你的明师,放下自我,去和师父印心,一印即到。世间最快的成就法门就是放下自我,去和经典印心,融入、放下就到了,无修无证,自然到达。

这时空中传来两句谒诵:"无心顿成鉴天镜,一念心定唱无生。"

艾稚接道:"竹影揽月演般若,莫向空里觅清风。"

艾稚哈哈大笑,不由得笑醒了,哪有什么老禅师,哪有什么老神,哪有什么烦恼种,哪还有个我在?只不过是个心影示现而已。人生一切,都是心生幻相,种种妄想,也不过是浮生一梦。